I'm an unfortunate archer, but doing Okay
不遇職の弓使いだけど何とか無難にやってます
洗濯紐
イラスト／bun150
TOブックス

Contents

I'm an unfortunate archer,
but doing Okay

目次

イラスト／bun150　デザイン／AFTERGLOW

プロローグ

詳しくは覚えていないが、小さい頃に見たアニメのキャラに憧れた。

主人公達が剣を使って暴れている中、後ろから凄い速度で弓を引いていた彼。

矢が空を支配する。

実際はそんな事もなくただ１人弓を引いていただけだったが、それでも俺が錯覚するような量の矢の弾幕《だんまく》が彼１人、たった１人の手によって作られていた。

その後、いくら待っても彼の姿を見れる事はなかったけれども、俺の心は十分に揺れ動かされた。

「〈Trace《トレース・》World《ワールド・》Online《オンライン》〉ねぇ……」

目の前に有る新品のＶＲ機器本体、友達である尚康《なおやす》に渡されたソフトを見ているとふと声がこぼれた。

『もう１つの人生』とも言われているVR、ヴァーチャル〝リアリティ〟空間。

此処でならば……夢を、叶えられるかもしれない。

そう期待を胸に、俺はもう１つの人生を起動……。

「『スキャンしてください』……？　何それ？」

「最初から聞きなさいよ初心者……」

「うっさい」

後ろに待機してくれていた姉に促《うなが》されるがままに棒立ち状態になると、姉が手に持ったフラフープのような物を俺の頭上から足元までゆっくりと下ろしていった。

「はい、終わり」

「え、これだけ？」

「うん、後は装置を頭に付けて起動するだけ」

「へぇー」

言うが早いか、姉は俺の頭に装置を取り付けた。

「え、な、ちょ!?」

「起動！……ふぅ、じゃ」

姉にはわざわざ何かあった時用に待機してもらっていたので、自分のゲームに戻りたかったのだろう。

俺の体をベッドに移動させてくれている姉の気配を感じながらも、俺の意識は遠のいていった。

『ソフトを起動します』

『…………』

『ようこそ〈Trace World Online〉へ。キャラクターメイクを始めます』

気がつくと、不思議な場所にいた。

1番最初に目に入ったのは、嵐の壁。

足元には周囲を嵐の壁に囲まれた平面の大海原と3つの大陸が存在していた。

1つは全体的に茶色く、中央に何か巨大な建物が有る大陸。

1つは緑が生い茂り、何かが飛び回ったりしている大陸。

そして……。

『種族を選択してください』

「ん、あ、はい？」

『種族を選択してください』

風景を見るのに集中していて一度目の言葉は聞き取れなかったが2度目は聞き取れた。

目の前に広がる沢山の種族。

1列に並んでいるという訳ではなく、3列になっていたがバランスはとても悪い。

左斜め奥の列にはエルフ・ドワーフの2種類が、右斜め奥の列には犬人族・猫人族・狐人族……と。

そして、目の前の列には人間のみが表示されていた。

「……犬人族と狼人族って何が違うんだ？」

毛並みとか……まあ、良い。

種族に関しては、元から決めている。

友達——尚康のアドバイスという意味でも、〝彼〟の種族という意味でも。

「エルフだけど……どう選択するんだ？」

『〝エルフ〟で宜しいですか？』

俺が『エルフ』と言うと共に、エルフの列が真正面に来てエルフに関する詳しい情報が表示された。

「はい」

『ステータスを作成いたします……』

『名前を決めてください』

名前：
種族：エルフ
レベル：1
方向性：
職業：
HP：0／0
MP：20／20
STR：0
VIT：0
AGI：1
INT：2
DEX：2

【スキル】

【称号】

STP：10

SKP：10

「……HP0？　これ大丈夫なのか？」

種族の列が消えると共に現れたステータス。

よく分からないけれども、HP0が駄目だと言う事ぐらいは分かる。

『名前のランダム選択も可能です』

「レンジで」

『〝レンジ〟で宜しいですか？』

「はい」

『方向性を選択してください』

名前を決める素振りすら見せなかったからか、ランダムなどと言う狂気を提案されたので慌てて決定する。

すると、空欄だった名前の所に〝レンジ〟と表示され、4つの方向性が表示された。

【近距離攻撃】・【近距離防御】・【遠距離魔法】・【遠距離物理】と。

この中だと【遠距離物理】一択なので悩む事はないのだが……。

「方向性って？」

『選択した方向性のスキル取得にかかるコストが半分に、他方向性のスキル取得にかかるコストが2倍になります。又、一部職業、スキルには規制がかかる場合もあります。全て表示しますか？』

「いや、大丈夫」

表示された物を見たとしても【遠距離物理】を選択する事には変わりない。

『【遠距離物理】で宜しいですか？』

「はい」

『職業を選択してください』

次に現れたのは5つの列だ。

それぞれの頭上に方向性が表示されており、1つだけ方向性が表示されていない列があった。

「なんで方向性が……」

まあ、良い。

【遠距離物理】の列から弓士を見つけ出し、選択する。

『〝弓士〟で宜しいですか？』

「はい」

『ステータスを割り振ってください』

ここは悩む事なく、尚康に言われていた通りに振っていく。

尚康には、このゲームのソフトをタダであげる代わりにゲーム開始後の少しの時間を貸してほしいと言われており、それの為に必要なステータスらしい。

『スキルを選択してください』

「多っ⁉」

『弓士セットが有ります。表示しますか？』

「はい」

目の前に表示されたスキルの中から、必要そうなスキルを取っていく。

それと確か……。

「【回収】も選択してっと」

最終的に９つのスキルを選択した事でＳＫＰが０になった。

『こちらで宜しいですか？』

その音声と共に表示されたステータス。

名前：レンジ

種族：エルフ
レベル：1
方向性：【遠距離物理】
職業：弓士Ｌｖ．1
ＨＰ：10／10
ＭＰ：20／20
ＳＴＲ：7
ＶＩＴ：0
ＡＧＩ：3
ＩＮＴ：2
ＤＥＸ：4
【スキル】
【望遠Ｌｖ．1】【目測Ｌｖ．1】【弓術Ｌｖ．1】
【弓技Ｌｖ．1】【射撃Ｌｖ．1】【回収Ｌｖ．1】
【ＡＧＩ上昇Ｌｖ．1】【ＤＥＸ上昇Ｌｖ．1】
【視力上昇Ｌｖ．1】
【称号】
ＳＴＰ：0

SKP：0

「うん……あってると思う」

『容姿を設定してください。……スキャンデータをロードしますか？』

「はい」

次に表示されたのはリアルの俺の姿と、目などの細かい部分までを設定できる沢山の項目だ。

〝彼〟の髪の色が緑色だったとは言え、流石に自分の髪まで緑色にする勇気はないので元の髪の色である黒に少しだけ緑を混ぜていい感じにし、目を赤色っぽくした。

「……こんな感じでいいかな」

『本当に宜しいですか？』

「はい」

『初期装備のアレンジが可能です。行いますか？』

「……じゃあ、少しだけ」

最終的に、彼が着ていたような装備に少しアレンジを加えるだけにとどめた。

『リリース時間まで数分程お待ちください』

その声を最後に音は聞こえなくなり、足元の風景が動き出した。

鳥のような気分になりながら、魔物や人を映して滑るように切り替わっていく風景を堪能《たんのう》する。

角を生やした緑色の人型の生物の群れと戦う人々の姿が映し出されたり、黒いオーラを纏《まと》った強そうなトリケラトプスに果敢《かかん》に挑む人々が見えたりと、飽きを感じさせないその風景に否応なく興奮させられる。

そして何よりも。

「おぉ⁉」

意識していなかったので気付くのに数秒程要したが、いつの間にか俺の服装は設定した初期装備となっていた。

視界に入った装備はそれらしい雰囲気を醸し出し、気持ちが高揚させられて今にも弓を使いたくなる。

その後も数分程、自分の服装や眼下に広がるゲーム内の風景などを見ている間にあっという間に時間が過ぎ……その時は来た。

『リリース時間となりました。初期リスポーン地へと転送します』

その音声と共に、謎の浮遊感が発生し……俺は光に包まれた。

弓の境遇

徐々に大きくなっていく喧騒《けんそう》。

最初は何の音か区別できなかったそれも、時間が経てば話し声だと分かるようになる。

光で上手く見えなかった視界も徐々に見えるようになっていき……綺麗な石で出来た町並みが現れた。

「おぉ……ん？　んん？」

周囲を見渡す。

剣、剣、斧、杖、槍、盾、杖、剣……。

「あれ……？」

様々な種族の人、様々な色をした人、様々な武器を持っている人。

それぞれが十人十色の見た目をしているが……。

「弓は？」

何処を見ても弓を持っている人が見当たらない。

アレンジが加えられている初期装備を見せあっている人や、剣を掲げて何か声を張り上げている人もいる。

が、弓を持っている人は見当たらない。

最初に【近距離攻撃】・【近距離防御】・【遠距離魔法】・【遠距離物理】の中から方向性を決める事になった時、【遠距離物理】だけは性格的な相性の不一致が多そうだとは思ったけれども……。

それでも、俺以外で誰1人として弓を持っている人が見当たらないのはおかしい。

尚康だったらその辺も知っているだろうと思ったので、集合場所である南の門前まで行くために視界の右上に表示されている地図を元に、周囲の状況を確認する。

俺がリスポーンした時に向いていた方向は北で、背後には大きな噴水が有り、噴水を中心に東西南北に道が伸びていた。

他のプレイヤー達は東、西、北のいずれか……要するに、南以外のどこかへ進んでいる。

何故南に行くプレイヤーがいないのか気になりはしたが、どちらにせよ行く事には変わりない。早く聞くためにも南の門に向かって走り出し……2分程すると街の外壁にたどり着いた。

外壁と言ってもそんなに仰々しい物ではなく、ちょっとした壁があるだけ。

門番であろうNPCに軽く会釈《えしゃく》し、2m程の高さしかない木で作られた門をくぐって外へ出る。

外に出ると遠くに森が見えているものの、ある程度は広大な草原が広がっており、茶髪のプレイヤーが目の前に手をかざして何かをしていた。

茶髪のプレイヤーとリアルの尚康の見た目がほぼ等しかったので、彼が尚康だと判断したのだが……それ以外には誰も見当たらないので、尚康でないと困ってしまう。

「尚康……だよな?」

「あってる。だけど、プレイヤーネームのナオで呼んでくれ」

「ああ、ごめんナオ」

「良いよ、そもそも言ってなかったしな。以後気を付けてくれれば大丈夫」

「ありがと」

丁度何かをやっていた最中だったのか、少し待ってくれと言われたので草原を観察しながら待機する。

所々に見える、草を食べている大人しそうな見た目をしたウサギ。

ウサギ達が纏まって食べるというような事は一切しておらず、それどころか一定距離以内に他のウサギが近づいた瞬間に脱兎の如く両者が逃げ出し……それによって２次逃走、３次逃走と連鎖が発生していた。

……落ち着く気配が一切ないのだが、大丈夫だろうか。

「すまん、待たせた」

俺がその光景に呆気にとられている間に作業を終わらせたのか、ナオが俺の肩を叩いて作業の完了を示した。

「いや、大丈夫。それより色々と聞きたい事があるんだけど」

「だろうな。でもその前にフレンド登録をしておこう。やり方は分かるか？」

「一応基本操作は全部見てるから問題ない……と思う」

「んじゃ、申請を許可してくれ」

「分かった」

一度軽く目を通しただけなので不安は残っているが、何かあればヘルプを見れば良いので問題ないだろう。

メニューにある新しい通知の所からフレンド申請の所へと飛び、許可する。

多少は手間取ってしまったが、俺が作業を終わらせたのを確認してからナオが話をし始めた。

「じゃあ、お前が疑問に思っているだろう事。【遠距離物理】を選択している人がいない理由に、俺がお前に【遠距離物理】にしてもらった理由。ここ集合にした理由と、ここに人がいない理由を全部説明しよう」

「頼む……あと、どの方向性にも含まれていないスキル、職業が有ったのはなんでだ？」

「それは……推測の域を出ないが、このゲームって武器の自作が推奨されてるんだよ。だから、どの方向性でも生産関連のスキルを取れるようになってるんだと思うぞ」

「へぇー」

弓は……作ってみたいとは思うが、ある程度余裕が出来るまでは市販の弓で良いだろう。

「じゃあ説明するが、もう察してるだろうけど【遠距離物理】はネットを少しでも見た人だったら選択しないような不遇職な方向性だ。理由は【遠距離物理】関連のスキルの射程が【遠距離魔法】より若干短い上に、スキル補正だけじゃ当たらない事も多いから。これは近距離の両方に関しても言える事なんだけど、物理である以上現実のセンスが大きく関わってくる。剣だって空振る事も多々あるんだ」

「え、まじ？」

驚きが隠せず、つい声が漏れてしまう。

ゲームだから補正とか何かで必ず当たると思っていたので、すぐ目の前にいる敵に当てるだけな近距離戦ですらも空振る事があるとは思ってもいなかった。

……それだと、【遠距離物理】よりも咄嗟《とっさ》の判断力等が必要になりそうな近距離の２つの方が不遇になりそうな気もするのだが。

「続けていいか？」

「あ、頼む」

「で物理攻撃に対して、【遠距離魔法】は現実にはない物だから、スキルの効果だけで当たる。要するに【遠距離物理】は【遠距離魔法】の完全劣化版になっている訳だ。これで1個目は良いか？」

「ああ。それと2つ目も分かった」

要するに、物理系統はリアルのプレイスキルが求められるから、【遠距離物理】は当たらないという事だろう。

リアルで弓道部に所属している人——俺であれば出来るのではと考えるのは有り得る事だし、俺にとっても渡りに船な話だったので……今の状況に至る、と。

「理解が早くて助かる。じゃあ、3つ目と4つ目だけど、始まりの街の周囲にある草原は大きく4つの区分に分かれるんだ。北はSTR値が高くて果敢に挑んできて、東はVITが高く上手く受け止められる。西はINT値が高く集団戦を好み、南はAGI値が高くすぐ逃げる。……てか、あれを見れば分かるだろ」

ナオの視線の先には未だに逃走の連鎖を続けているウサギ達がいた。

「あぁ、うん」

「要するに、他の所では戦う事が出来るのにここだけは戦う事すら出来ないって事だ。この最初のフィールドはチュートリアルみたいな物らしくて、情報も公式サイトに上がってるから誰もこっちには来ない」

「へぇ」

「で、俺達は矢が魔法と違って射程距離を越えても消えない所に着目したんだ」

「……ん？　〝俺達〟？」

「ああ、クランメンバー達だな。レンジも入らないか？」

確か……【瞬光】だったか。

ナオはβ時にクランの人達と攻略組のトップにいたと言っていた。

俺は攻略なんかよりもやりたい事があるので、ソフトをくれたナオには悪いが入る気はない。

「気ままにマイペースでやりたいから良いかな」

「そうか。まあ、気が変わったら気軽に言ってくれ。……で、説明に戻ると、弓を使える人なら初期から狩り場の独占が出来る。そう考えたらやるしかないだろ？」

わざわざ独占する必要などないような気がするが、ナオが言うのならあっているのだろう。

半信半疑ではあるものの、ナオに手渡された弓を受け取って説明を受ける。

「これさ、β時にゲットしておいた武器なんだけど、ＳＴＲ7、ＤＥＸ4の最低制限は有るものの、固定ダメージ10なんだよ。んで、最初の草原に出てくるグラスラビットは一律ＨＰ10。だから、当たれば1発で倒せるんだよ。使ってみてくれないか？　譲渡するから」

「分かった」

それから、ナオにある程度の説明を受けた。

グラスラビットがプレイヤーに気づく範囲は50mで、【遠距離魔法】の一次スキル限界射程範囲は48m、【遠距離物理】の1次スキル射程範囲は47mらしい。

で、俺とナオがいる場所のグラスラビットは、50m以内に人が近づくと真っ先に逃げ出す。

だから、50m以上の距離から弓を当てる必要がある。

という事らしい。

因《ちな》みに、ナオの話によれば基本的に遠距離は不遇らしい。

遠距離の1番の利点である魔法は近距離用のスキルの中にもあり、近距離魔法の限界射程範囲が8mで威力もそこまで強いものがないとは言え、近距離を選択しても魔法を使う事が出来てしまう。

まあ、魔法よりかは弓に関する事の方が気になるので……。

「じゃあ、そこらへんから撃ってみろよ」

「分かったけど、外しても文句は言うなよ？　いつも使ってるのとは全然大きさが違うから」

「良いから撃ってみろって。別に外したぐらいじゃ怒らないし」

その頃にもなれば逃走の連鎖は収まっており、言われるがままに【望遠】と【目測】、【視力上昇】によって強化された能力を使い、丁度良さげなグラスラビットを見つける事が出来た。

距離的には60mぐらいだろうか？

感覚的には遠的より少し遠いぐらいの所で草を食べていた。

そのぐらいの距離であればいつもだったら問題なく当てる事が出来るだろうが……。

「お？」

ナオの声も虚しく、矢はグラスラビットから5m程手前の場所で落下し、消失した。

勿論、それに気づいたグラスラビットは脱兎のごとく逃げ出してしまった。

「すまん外した」

「どんまどんま。……まあ、レンジなら次は確実に当てられるよな？」

「あと4、5本は外すと思う」

「おー頑張れ。当たるまでこっちはこっちでβの時の知り合いと連絡取らせてもらうわ」

恐らく、俺と会った時にやっていた事だろう。

何となく腹はたつが、俺としても外してるのはあまり見られていたくない。

空中とにらめっこを始めたナオは放置し、試射を再開した。

最初に配られる『初心者の矢』の数は100だ。

流石に100本全てを費やして試射する気はないとは言え、数本は失敗するのを覚悟の上で試射を開始する。

【弓術Lv．1】で覚える、ストレージから矢を1つ取り出す技能を使い、何度か撃ち……4本目の事。

『これならいける！』という感覚とともに、グラスラビットの頭部に矢が直撃し、頭の中にファンファーレが鳴り響いた。

グラスラビットを倒しました。
▼ドロップ▼
グラスラビットの肉×1
グラスラビットの毛皮×1
10G
レベルが上がりました。
職業レベルが上がりました。

始まりの街南部の初討伐者になりました。
▼報酬▼
称号【初討伐者（始まりの街南部）】
STP5
SKP5
スキルレベル限界上昇チケット×1
10000G

「よおぉぉし？」

グラスラビットが消滅していくと共に視界に表示された２つのメッセージ。

１つはただ単純に討伐を通知したもの。

そしてもう１つは……称号の取得を通知したものだろう。

「お、当たったな。レベル上がっただろ？　そのポイントは自由に使っていいと思うぞ。まあ、おすすめはＤＥＸを上げるのと、【回収】を上げるのだけどな」

「そう言えば、なんで【回収】？　あと、称号が手に入ったんだけど……」

「称号取得おめ。称号の詳細はステータスから見れると思うぞ。【回収】を上げる理由は説明出来るけどいる？」

「いる」

「【回収】のスキル効果はアイテムのドロップ率微上昇に、周囲に落ちてる所有者なしのアイテムの自動回収、投擲《とうてき》武器の自動回収だ。その際耐久値が大幅に削れるが、レベルが最大になれば耐久値が減る事はなくなる。これは【近距離攻撃】の投擲などを使う人が持ってたスキルなんだけれども、これで矢の消費は抑えられるはずだ」

「へー」

『はず』という事は確証がないのだろう。

まあ、今ストレージを確認したところ確かに『壊れた矢』という表示でストレージに４本あるから、あっている。

矢が当たるのならば最大の問題は矢の消費になるだろうから、とても役に立つだろう。

「確かに、壊れた矢っていうのが有るぞ。使用不可らしいけど」

「え、まじ？　それ何個かくれない？」

「ん、どうやって譲渡すんだっけ？」

「システム開いて、フレンドから俺を選択すれば選択肢の中に出てくるはず」

言われたとおりにすると、見つける事が出来た。

「はい」

「ありがとう。んじゃ、もう俺がやってほしい事は基本的には全部終わったから、後はもう自由にゲームをやってくれて構わないぞ」

「ああ。……因みに、パーティ組めるか？」

クランなどを断っている為無理だとは思うが、駄目元でパーティを組めないか聞いてみたが案の定……。

「すまん！　もうクランの奴等でパーティを組んじゃってるんだ。一応組めるけれど、クランに入らないのなら居心地が悪いだけだと思うぞ。……β時の知り合いから気が合いそうな奴を探してこようか？」

「いや、やっぱ自分で探してみるよ。ナオに迷惑をかけるのは悪いから」

「そうか？」

「ああ」

ナオのクラン、というよりもβテストプレイヤーという本気で攻略をしようとしていそうな人達のパーティに入るのは、自由に楽しくやっていきたい俺からすると、居心地が悪そうなので遠慮したい。

だから……ナオには悪いけれども、ナオの手は借りたくなかった。

「じゃあ、俺もう行っていいか？　俺もスタートダッシュをしっかり決めなきゃまずい」

「ああ。ありがと」

「んじゃ、またいつか！」

ソフトを貰った時に言っていた通りナオは時間があまりないようで、俺に確認を取ってからすぐに走り出し、門の中へと消えていった。

ナオが去っていったのを確認した後、アドバイスされた通りにステータスを弄《いじ》る。

名前：レンジ
種族：エルフ
レベル：2
方向性：【遠距離物理】
職業：弓士Lv．2
HP：10／10

MP：20／20
STR：10
VIT：0
AGI：8
INT：4
DEX：14
【スキル】
【望遠Lv．1】【目測Lv．1】【弓術Lv．1】【弓技Lv．1】【射撃Lv．1】【回収Lv．4】
【AGI上昇Lv．1】【DEX上昇Lv．1】【視力上昇Lv．1】
【称号】
【初討伐者（始まりの街南部）】
STP：0
SKP：2

HP、VITに振っていない理由は簡単だ。
【遠距離物理】の俺にとって、攻撃されるような距離に近づかれる＝死なのだ。
振ったって意味がない。

ＭＰに関しても、一応【遠距離物理】用の魔法というものは有るらしいが、雑魚《ざこ》らしいので使う未来が見えない。

ＤＥＸの次にＡＧＩの上昇値が高い理由は近づかれないように逃げるため、連射能力を上げるためだ。

まあ、そんな感じだろうか。

周囲を見渡しても俺以外のプレイヤーは誰１人おらず、目の前にはウサギしかいない広大な草原が広がっていた。

「……やっていくか」

【弓術】の矢をストレージ内から取り出す能力はクールタイムが５秒有る。

本来であれば、それは何も問題ないスキルだろう。

だが、〝彼〟を目指している俺からすれば長過ぎるし、足りない。

現実では上手くいく事はなかった２本同時撃ちに３連射。

ゲームである此処でならば、いずれ２本同時撃ちも出来るようになるだろうし、３連射も出来るようになる。

ストレージから手動で矢を取り出す流れを何度も確認しながら連射の練習をする。

グラスラビットは３体、７体、15体とどんどん倒れ、レベルも上がっていく。

だが、理想とは程遠い連射しか出来なかった。

勿論、ステータスは連射をもっと出来るよう、ＤＥＸとＡＧＩに２分割して振っている。

今はまだ満足いく出来栄えではないが、いずれはそこまで至る事が出来るだろう。

狐耳の強者

丁度きりよく30程撃ち、連射の流れを自分の中で確立させたので辺りを見渡すと、俺以外にも1人、弓を使っている人を見つけた。

種族は……狐人族だろうか？　頭の上に茶色いキツネ耳がついており、ポニーテールの赤茶色い髪が目を引いた。

ただ、何よりも目を引いたのが……、

「まじで？」

見た事がある綺麗な射型で、次々と1撃で倒していく矢の精度。

驚いてしまうのも仕方がないだろう。

圧倒的な矢の命中精度。

飛んでいる矢の速さ。

矢が当たった瞬間のグラスラビットの吹っ飛び具合。

多分、俺が勝てているのは連射能力のみ……。

いや、射型など考えずに、自分のやりやすい連射の仕方で行っているので連射能力も勝てているというには程遠い。

その後、見続けている間は一度も失敗する事もなかったので、簡単に俺よりも弓を扱う能力が高い事が察せられてしまった。

ずっと見続けたからだろうか？

見ていた俺に気づいたのかふと、目があってしまい……悪いとは思ったが、目を離す事が出来なかった。

確かに、美人なのはある。

だけど、それよりも……どこかで見たような気がしたのだ。

まあ、アバターの外見は割と変えられる。

俺やナオはあまり弄っていないが、基本的に弄らない理由がない。

見た事があるような気がするのは気の所為だろう。

「何か用でしょうか？」

「はい？」

誰と見間違えたのか思い出そうとしていた内に、近づかれていたらしい。

唐突に目と鼻の先に現れた顔に困惑……よりも驚きの方が大きかった。

誰と見間違……っていたわけではなかったが、見続けてしまった事は申し訳ないので、理由を説明しようとしたのだが。

「いえ、どっかで見たような気がしたので」

何故かナンパの常套《じょうとう》文句のようになってしまった。

慌てて訂正しようと思ったのだが、俺が言葉を告ぐよりも先に、彼女が先に話しだした。

「私も貴方の事を見た事がありますよ？」

「はい？」

いやいやいやいや……。

聞き取れなかった可能性を考慮し、もう一度確認する。

「はい？」

「雫《しずく》さんの後輩ですし。写真も見せてもらった事が有りますよ？」

「……」

雫さんの後輩。

……思い当たる節しかないけれども。

弓道部の先輩で色々とお世話になっている雫先輩。

確かに、俺よりも上手いあの人であれば、この人と知り合いでもおかしくはないだろう。

「お知り合いだったんですか？」

「ええ。前の遠的から仲良くさせてもらってます」

「へー……」

大体9ヶ月前からの知り合いと言う事になるが……先輩は5位に入れなくて悔しがっていた気がする。

まあ、俺はそんな高次元の大会に出られる訳がないので詳しい事は知らないが、目の前の人が神童と呼ばれている事ぐらいは分かる。

〝彼〟とは全く違うが、それでも弓の天才。

この人があげている動画はよく見させてもらっているし、取り入れられるものがあれば取り入れさせてもらっている。

……いやでも、後輩だからって知られているのは何と言うか……気恥ずかしいものが有る。

「話は変わりますが……何か用でもありましたか？　ずっと私を見ていたようですが」

「あ、いえ。相変わらず射型が綺麗だなー……と思いまして。いつも動画の方も見させてもらってます」

「あ、あれは、その……後輩にお願いされての物なので……その、……ありがとうございます」

『凄いノリノリで教えてる気がするのですが』という言葉は、少し狼狽《うろた》えている彼女を見て心の中に仕舞い込む。

数十秒程、無言の間が流れ……、

「それよりも、ここで会ったのも縁ですし、フレンド登録しませんか？」

「そうですね。レンジです、よろしくお願いします」

「知っているかもしれませんが、レイナです。よろしくお願いします」

なかった事になった。

「そう言えばレイナさん。少し気になったんですけど、あの衝撃派ってなんですか？」

「あれは、【射撃】を最大レベルにしたら習得出来るようになった【衝撃】というスキルの効果だと思います」

「へぇー、良いですね」

【回収】を最大レベルにしたら【射撃】のレベルも上げていこう。

あの衝撃波は痺《しび》れるものがあった。

「私からも質問していいですか？」

「はい」

「申し訳ないのですが、当て射……ですか？」

「はい」

当て射。

弓道における基本を無視して当てる事のみに重点を置いている為、〝悪射〟扱いされる物だ。

リアルでは1人を除いて良い顔をされないので出来ないが、小さい頃から〝彼〟に憧れて練習していた俺にとってはそれが普通で……部活での撃ち方は正直やりづらい。

やはり、神童さんにとっては受け入れがたい物なのだろう。

「すみません。見苦しいものを見せてしまって」

「はい？……いえ、私はレンジさんの当て射も良いと思いますよ？　確かに、弓道においてはあまり良い顔はされないでしょうが、射るまでの速さを追求した無駄のない動きで、1つの形になっていましたから」

俺が謝ると、レイナさんは心底不思議そうにした後、何故俺が謝ったのか理解したのか言葉を続けてくれた。

……心底不思議そうな顔をしていた訳だし、それがレイナさんの本音なのだろう。

レイナさんが雫先輩と同じような人で良かった。

「話は変わりますけど……折角フレンド登録した事ですし、一緒にフィールドボスを倒しに行きませんか？」

「はい？　フィールドボスですか？」

「ええ。攻略サイトには、そこまでがチュートリアルのようなものだと書いてありましたので。その連射能力があれば有利に動けると思います」

フィールドボス討伐。

やってみたい気はするけれども、〝ボス〟を倒す事が出来るのだろうか？

「因みに……出現する敵の内容とかって分かるんですか？」

「グラスラビットの上位種であるビッググラスラビット1体と4体の取り巻きだけです。ビッググラスラビットのＨＰも１００と比較的少なめです」

「……」

「ビッググラスラビットは私が3撃程当てる事が出来れば倒す事が出来ると思いますが……取り巻きの4体、ビッググラスラビットが盛んに動く事を考えると一筋縄ではいかないと思います」

「……」

ビッググラスラビットが3撃で倒す事が出来ると仮定しても、最低7撃は動き回る敵に当てる必要がある。

グラスラビットには数度程50m以内に近づいてしまって脱兎の如《ごと》く逃げられたが、その時は俺の武器が弓である事を分かっているのかジグザグに早い速度で動いていた。

その事を考えると……。

「無理だと思います」

「そうですか？」

「はい。ジグザグで人よりも早い速度で逃げられると、当てられる気がしません」

「そう、ですね。では、ある程度練習をしてから行きませんか？」

「その……あれなんですけど、行く必要は有るんですか？」

つい、気になったので聞いてしまった。

レイナさんは不思議そうな顔をしていたが、これが俺の本音だった。

行くのは別に良いのだけれども、わざわざ今行く理由が見つからない。

それこそ、他の所にも行って練習をしてから、連射能力、命中精度を上げてから攻略をするぐらいで良いのだ。

「そうですね……。フィールドボスの初討伐報酬、新フィールドの初討伐報酬という物を知ってますか？」

「……？」

何処かで見たような気がしたので自分のステータスを確認すると、称号の所に【初討伐者（始まりの街南部）】という物が存在していた。

恐らくこれの事だろう。

「各フィールド毎にそれが有り、攻略の大きな足がかりになるんです。パーティーを組み、貢献度が0でなければお互いに貰えるようですので……取れるのであれば取っておきたいな、と。それに、折角ですので冒険したいですし」

初討伐報酬……確かに職業レベル1つ分のSPが貰えるのは大きいし、行けるのであれば行っておきたくはなる。

それに、冒険。

表情を見ればこちらが本音だというのは簡単に分かった。

確かにゲームなので言いたい事は分かるが、俺はゲームだからこそ、勝って楽しみたい。

……ならば、練習をさせてもらった上でレイナさんと協力をして攻略するのが良いのかもしれない。

「じゃあ、是非お願いします。ただ、少し練習をさせてもらえると」

「こちらこそお願いします。人が来るまでは各自で練習、という事でいいですか？」

「はい、お願いします」

俺とレイナさんがいる場所は、門のすぐ目の前だった。

だから、目の前には大きな草原が広がっているし、〝狩り場〟として2人で独占する事が出来る。

ナオが言っていた時は理解できなかったが、今になると納得する。

確かに、やるしかない。

一撃一撃、綺麗な射型でグラスラビットを吹き飛ばしているレイナさんを横目に、俺は〝彼〟の打ち方を思い出しながらグラスラビットを倒し始めた。

練習という意も込め、50m以内に近づいてから逃げ出すグラスラビットを狙って矢を射る。

最初は外したりしていたのだが、パターンを覚えてからは基本的には外す事がなくなった。

レイナさんの方を見ると、一切外さずに全てを当てていたので彼女もパターンは把握したのだろう。

動く的に当てる、という今までやった事がない〝彼〟に近づける行為に夢中になって当て続け……倒した数が70体目になる頃に有る事を思い出してしまった。

「あれ？　矢って100本だけだよな？」

慌ててストレージを確認してみたら、使用可能な矢の数は残り15本のみ。

10撃以上外していると考えると情けないものが有るが、慌ててレイナさんに言いに行った。

「レイナさん、矢って100本しかないですよ」

「……そうですね。私もあと43本しか残ってません」

43本となると一撃も外していないであろうレイナさんの討伐数は57体だろう。

確か、俺は63体目を倒した時にレベルが上がった筈《はず》なので。

「あと6体倒してください。多分レベルが上がるので」

「分かりました」

正直、レイナさんの弓の扱いは凄すぎた。

一連の動作を水が流れるかのようにやり、必ず当てる。

当たった兎は吹っ飛ぶ。

なんで全部当たっているのか意味不明ではあったが、一糸乱れない射型を見ると尊敬の念しか浮かばない。

「上がりましたね。では、行きましょうか。一応武器をしまってください」

「え、なんで？」

門の方にいる何かを確認したレイナさんは有無を言わせない雰囲気で移動を開始した。

「良いから。理由は移動中に説明します」

「はい」

「じゃあ、移動をしましょう。ついてきてください」

「はい」

勿論、ついていかない理由もないので弓を仕舞い、ついていく。

俺が弓をしまったのを確認してから、レイナさんが話し始めた。

「まず前提として、このゲームでは弓は本当に舐められています」

「そうなんですか？」

「はい。で、弓を持った状態で変な人に会うと確実に絡まれます」

「へぇー……」

確かに、弓を持っている人が１人もいなかった事を考えると有り得そうだし、実際にそうなのだろう。

俺としては絡んでくる人がいても無視すれば良いかな、ぐらいにしか考えていないのだが、絡まれないに越した事はない。

「先程、街の中から此方へ走ってきている集団を見つけました。恐らくここの初討伐報酬狙いでしょう」

「はい」

「で、それなのに私達がいると邪魔ですので、イチャモンを付けてくる可能性が高いです。弓を持っていたら尚更。ですので片付けてもらいました」

「はい」

確かに、後ろを振り返り門の所にいる集団を見ると、此方を指差してなにか言っているように思えた。

「では、行きますよ。森にある程度近づけば自動でフィールドが切り替わると思います」

「はい」

レイナさんと会話をしながら森へと近づく。

因みに、ナオに貰った弓よりも初期装備の弓の方が当たられるダメージが大きくなっていたので、それを使う予定だ。

……そんな事を考えている内に唐突に視界が切り替わり……森が消え、草原と5つの魔法陣が現れた。

「あ、フィールドが移りましたね。10秒程後に現れると思いますので……取り巻きは任せても良いですか？」

「はい」

1番大きな魔法陣からは一回り大きな兎……ビッググラスラビットが。

周囲に有る4つの魔法陣からはグラスラビットがそれぞれ現れた。

「お願いします！」

「分かりました！」

予め右手に持っていた2つの矢を速く、それでいて外す事がないように1本ずつ射る。

次に、【弓術】の効果を使って1つの矢を取り出して残っているグラスラビットも射殺す……が、手動で次の矢を取り出すよりも先にボス達が動き出してしまった。

「すみません1体残りました！」

「大丈夫です！」

話していた通り、このパーティの最大攻撃源であるレイナさんは引き続きボスを。

ある程度連射する事が出来る俺はボスがレイナさんに近づけないように牽制《けんせい》をしたり、残ってしまった取り巻きを倒すよう役割分担した。

勿論、取り巻きは矢を取り出してからすぐに倒したのでボスを倒すのに協力する。

ただ、ボスの動きがグラスラビットと違い不規則な事や移動速度が早い所為か、レイナさんでさえも外していた。

「くっ。すみません外しました！　レンジさんも私の事など気にせずに好きなようにダメージを与えてください！」

「はい！」

まあ、レイナさんが外すような的だ。

俺の場合はボスの移動先の山を張り、ストレージから手動で取り出した２本の矢とスキルで取り出した矢を使って３連射をした事でようやく１撃当てる事が出来た。

また、その当たったタイミングで少し怯んだ所にレイナさんの１撃が入り、その衝撃で飛ばされた所に俺の攻撃が２撃入り、ＨＰバーが残り２割程まで削れた。

「ナイスです！」

「ありがとうございます」

軽くレイナさんと声を掛け合い、次の動きを開始する。

今まで使ってきた矢の本数は93本。

よって残りの本数は７本で、俺は１撃で１割程しか削れない。

……７撃中２撃。

外してもレイナさんが当ててくれるだろうが、任せる気はない。

倒せるならばさっさと倒してしまおう。

前回同様移動先の山を張り、そこへと３連射……しようとしたが、反対方向へ移動したので途中で方向をずらす。

だが、全部外れてしまった。

まあ、連射と言ってもしっかりと狙ったら1撃に2秒はかかる。

矢と矢の間を普通にすり抜けられてしまった。

横でレイナさんが射た矢は耳を掠《かす》り、多少のHPを減らす。

ただ、俺は全ての矢を使……【回収】のスキルレベルを考えると、使えるものが有るかもしれない。

ダメ元で矢を取り出す技能を使ってみると、運が良い事に出来てくれた。

「よし」

それから限界まで連射をした所3連射を2回と2連射する事が出来、その内の最後2本が連続で当たってようやく倒す事が出来た。


フィールドボスを倒しました。
▼ドロップ▼
ビッググラスラビットの肉×1
ビッググラスラビットの毛皮×1
ビッググラスラビットの角×1
グラスラビットの肉×4
グラスラビットの毛皮×5

500G
レベルが上がりました。
職業レベルが上がりました。
▼MVP報酬▼
ビッググラスラビットの肉×1
ビッググラスラビットの毛皮×1
ビッググラスラビットの角×1
ビッググラスラビットの短剣×1
100G

始まりの街南部のフィールドボスの初討伐者になりました。
▼報酬▼
称号【初討伐者(始まりの街南部ボス)】
STP5
SKP5
スキルレベル限界上昇チケット×1

１０００G

特定条件達成により、
称号【始まりの街南部の覇者】
を獲得しました。
▼報酬▼
ＳＴＰ５
ＳＫＰ５
スキルレベル限界上昇チケット×１
１０００G

始まりの街の草原フィールドの全ボスが討伐されました。
第２の街が開放されました。

「疲れたあぁぁあぁあ」

最後に大活躍を見せてくれた【回収】のスキルレベルを最大まで上げよう。

スキルレベルを最大にすると派生するらしいが……何に派生するのかな？

特定条件達成により、

称号【一般スキルの先駆者】

を獲得しました。

▼報酬▼

STP5

SKP5

スキルレベル限界上昇チケット×1

10000G

【回収】のレベルが最大になりました。

▶【高速回収】

▷【素材回収】

ふむ……？

まあ、この一瞬で3つの称号を取得する事が出来、SPを大量にゲットする事が出来たのは何気に嬉しい。

レイナさんの提案に乗って本当に良かった。

「レイナさん。お疲れ様でした」

「すみません。全然役に立てませんでした」

「いえいえ、ボスのステータスの半分はレイナさんが削ってましたよ」

「いえ、本来はほぼ全部を削らなきゃいけないところでした」

「俺は俺が全部削る気で行きましたよ」

気にしてないよアピールを含め、自分の考えていた事を正直に告げる。

……まあ、レイナさんでも外す事があるとは思っていなかったが、それでも1回以外は全て掠らせてはいたのは流石だと思った。

「それにしても、レンジさんの連射速度は凄いですね。……流石に早すぎませんか？」

「そうですか？」

「はい」

ストレージから手動で矢を取り出すのに4秒程かかり、1撃に2秒かかる訳だから大体10秒で3撃。

〝彼〟の連射速度はまだまだそんな物ではなかった。

そんな事よりも気になるのが……。

「レイナさんステータスを教えてもらってもいいですか?」

「良いですよ」

名前：レイナ
種族：狐人族
レベル：8
方向性：【遠距離物理】
職業：弓士Lv．7
HP：10／10
MP：20／20
STR：101
VIT：0
AGI：0
INT：2

DEX：1
【スキル】
【射撃Lv．Max】【衝撃Lv．6】
【称号】
【遠距離物理スキルの先駆者】【初討伐者（始まりの街南部ボス）】
STP：20
SKP：23

わぁ……。

「まじ？」

STR100という驚異的な数字に目が行くが、何よりも驚いたのが【弓術】【弓技】を取っていない事。

要するに……今までの命中率は全て自前の能力という事になる。

因みに、俺はAGIとDEXをある程度はバランス良く上げている為、3桁まで到達している能力値はない。

「どうかしました？」

「え、これ、なんでこんな振り方を？」

「遠距離物理でも、与ダメージはSTR依存と公式の情報に書いてあったので」

「……因みに、スキルは?」

「正直、これ以外必要ない気がしたので」

何だこの人は。

いや、まあ、STRで全てを補えると思っていたらしいから、それはいいけれども、スキル構成がおかしすぎる。

ま、まあゲームだ。

スキル構成は個人の自由だろう。

「因みに、レンジさんのステータスは?」

「こんな感じですね」

名前:レンジ
種族:エルフ
レベル:8
方向性:【遠距離物理】
職業:弓士Lv.7
HP:10/10
MP:20/20

ＳＴＲ：10
ＶＩＴ：0
ＡＧＩ：58
ＩＮＴ：4
ＤＥＸ：34
【スキル】
【望遠Ｌｖ．1】【目測Ｌｖ．1】【弓術Ｌｖ．1】【弓技Ｌｖ．1】【射撃Ｌｖ．1】【回収Ｌｖ．Ｍａｘ】【ＡＧＩ上昇Ｌｖ．1】【ＤＥＸ上昇Ｌｖ．1】【視力上昇Ｌｖ．1】
【称号】
【初討伐者（始まりの街南部）】【初討伐者（始まりの街南部ボス）】【始まりの街南部の覇者】【一般スキルの先駆者】
ＳＴＰ：30
ＳＫＰ：12

「スキルも称号も多いですね」

「やっぱ称号は多いんですかね」

「多いんじゃないですか？　称号数ランキングではトップが5、2位が4ですからレンジさんは多分今2位ですね」

称号数ランキング。

調べれば出てくるだろうが。

「称号ランキングって何ですか？」

「その名の通り、称号数の順位が出てる奴ですね。メニューから見れますよ」

「へぇー」

確かに、メニューにランキングというものがあり、レベルや称号数、スキルレベル最大数にクエスト達成数、他にも、選択出来ない所にクランがあった。

で、確かに称号数ランキングの所に1位が5、2位が4と表示されている。

更新も随時更新と書かれているので、俺が2位なのだろう。

……2位？……へぇ。

「それでですね……。この感じだと、次のフィールドでは1体の敵を倒す事すら厳しいかもしれません」

「それは何故？」

確かに、不規則に躱《かわ》されてしまうと俺は当てられないので厳しいかもしれないが……今の戦いを考えると何とかなるような気がする。

「始まりの街南部だけ、草原の次のフィールドの適正レベルが高いんです。公式サイトには2次フィールドまで提載されているのですが、1次フィールドである草原が方向ごとに分けられているのに対して、2次フィールドは南部とそれ以外の2つに分けられてるんです。理由は分かりませんが、その影響で南部の適正レベルは30と高めです。私の能力的には当てられる気がしません」

……適正レベル30？

俺にレイナさん、2人のレベルを合わせてようやく半分に届くといったようなレベルだ。

勝てる気はしないし、レイナさんが当てられないとなると、俺が当てられる訳がない。

「因みに、他の第2フィールドの適正レベルは？」

「10です」

……一応、全力を尽くそう。

まあ、そんなに高いのなら俺やレイナさんが倒す事が出来なくても、他の人も出来ないだろうから少しの間は初討伐称号を取られる事はないだろう。

それよりも、次フィールドで勝つにはまず……。

「レイナさん、スキル構成ってもう少し考えたりしないんですか？　一応、【弓術】のスキル効果はスキルレベル×1％の命中補正みたいですけど」

「そうなんですか？　なら、取った方が良さそうですね。他にもそういった便利なスキルを知ってたりしますか？」

「はい。【回収】は本気でおすすめ……しませんやっぱり」

「え？」

よく考えれば、当たった矢は回収しても使う事が出来なかった。

……命中率が低い人向けのスキルであってレイナさん向けのスキルではないだろう。

「あの……」

「すみません。【目測】など、そういった視力関連のスキルしか思いつきません」

「あの、【回収】って」

「矢を回収するスキルなんですけど……敵に当たった矢は回収しても使う事は出来なかったんで、レイナさんには必要ないと思います」

「そうですか。取り敢えず、このフィールドにいれる時間も制限があるのでステータスを弄りますね」

「はい」

自分のステータスについて真面目に考え始めたレイナさんを眺めながら……。

取り敢えず、俺はクールタイムの短縮を狙って弓術と弓技を3に、射撃を2に上げ、STRを10、DEXを20上げた。

よく考えれば、弓技Lv．1で【クイック】という、MPを1~3を消費し、速度と威力を若干上げる技を覚えていたのだが、忘れていた。

弓技Lv．2では、【ダブルショット】というMP1と矢を1つ消費し、撃った矢に続いてもう1つの矢が発生する技を。

弓技Lv．3では【ツインアロー】というMP3を消費し、撃った矢の周囲にもう1つの矢を発生させる技を覚えた。

それから少しの間、自分のスキルなどの効果や、アイテムストレージを確認していると……。

「終わりましたか？」

「はい。それと、誠に申し訳ないのですが、矢を少しいただけないでしょうか？」

「27本あるので、15本程差し上げます。私よりも、レンジさんが持っている方が勝率は上がりそうですので」

「……多すぎません？」

「いえ、ペースを考えると妥当なラインです」

「そうですか、ではお願いします」

絶対に多いと思うのだが、確かにペースは俺のほうが早いのも確かだ。

レイナさんに促されるがままに、矢を15本受け取った。

それから、レイナさんに次フィールドの基本的な情報を教えてもらった。

適正レベルは30。

出てくる魔物は、狼《おおかみ》や蛇《へび》、蜘蛛《くも》などらしい。

群れで出てくる事も多く、一体一体のレベルは低くても27はあるらしい。

それ以上の詳しい情報はないらしいが、今のレベルを考えると十分鬼畜《きちく》レベルだ。

一体一体が、確実にビッググラスラビットよりも強い。

「じゃあ、行きましょう」

「はい」

視界内に表示された『次のフィールドに行きますか？』という質問に対し、『はい』と答えるとすぐに、草原だった周囲が前方は森、後方は草原という状況に変わった。

口の前に人差し指を立て静かにするよう無言で頷きあった後に、弓を構えながらレイナさんの後ろをついていく。

すると、数分としない内に森の奥から50ｃｍ程の蜘蛛が現れた。

距離は30ｍ程だろうか?

まだ気づかれてはいないので、攻撃力の高いレイナさんに初撃をしてもらうべく、小声で話しかける。

「レイナさん」

「【ダブルショット】を撃ちます。私の方が矢の速度は早いと思うのですぐに続けてください」

「はい」

俺が構えたのを確認してから、レイナさんが矢を放った。

勿論、俺もそれに合わせて【ダブルショット】の3連撃を放つ。

【ツインアロー】でも良かったのだが、周囲に矢を発生させる事を考えるとサイズ的には当たらないかもしれないので【ダブルショット】にしたのだが、正しかったのだろう。

此方に気付いていていなく、躱すつもりもない蜘蛛にレイナさんが当てられない訳がない。

レイナさんの2撃はしっかりと当たった。

だが、衝撃で相手を飛ばすような事は出来なかった。

俺の6撃も当たった訳だから確かに怯んではいたが、グラスラビットの時のようにはいかない。

「倒せませんね……」

「そうですね……」

ビッググラスラビットのHPを5割削る事が出来た攻撃を2撃に、俺の攻撃を6撃加えても倒す事が出来ていない。

流石にHPの大半は削れていると思いたいのだが、蜘蛛はその8本の足を使って凄い勢いで近づいてきていた。

しかも、グラスラビットよりも早い速度で不規則にジグザグな動きをしているから、レイナさんも俺も当てる事が出来ない。

「くそっ」

「当たらない……」

出来る限り高速で撃ち続けた結果、近づかれるまでに俺は3撃、レイナさんは1撃を当てる事が出来たが、その時にはもう蜘蛛は俺の近くまで来ていた。

この頃にもなれば、こんな方法では倒せない事は分かっていたので、レイナさんに合図を送り、横へ離れてもらい……。

「【ダブルショット】」

俺へと飛びかかってきた蜘蛛へ、レイナさんが完璧な狙撃を行った。

先程とは違い、蜘蛛は空中に浮いていたのでそのまま吹っ飛ばされ、リトルスパイダーを倒しました。
▼ドロップ▼
リトルスパイダーの糸×1
100G
レベルが上がりました。

深淵《しんえん》の森表層の初討伐者になりました。
▼報酬▼
称号【初討伐者（深淵の森表層）】
STP5
SKP5
スキルレベル限界上昇チケット×1
10000G

倒す事が出来た。

「はぁぁぁ。お疲れ様です」

「お疲れ様です。囮《おとり》ありがとうございます」

「いえいえ、全然問題なかったですよ」

嘘だ。

正直あれはもうやりたくない。

このゲームは、プレイヤーの年齢によりグラフィックが多少変わる。

あの蜘蛛は結構リアルで、もうあんなのは見たくなかった。

囮戦法……。

俺が思いついてしまった上に、攻撃力の関係で俺が囮になるのは当たり前の事なのだが、もうやりたくない。

「初討伐ボー」

「え」

レイナさんが楽しげに会話を続けようとした直後、斜め後ろから狼が突進をしてきて一瞬でレイナさんのHPバーは砕け散った。

勿論、レイナさんに限らず俺のHPも10だ。

すぐに殺されてしまうのは明白だろうが、出来る限りは応戦を……あ、無理。

6匹もいるのは聞いてない。

「死にましたね」

「そうですね」

「取り敢えず、武器をしまって移動しましょう」

「はい」

初めてのデスの感覚は、このゲームを始めた時に転送された時と同じような感覚だった。

ただ、死ぬ瞬間は少し痛かったが…痛覚設定はデフォルトのままが良いらしいし、余裕で我慢できる範囲だったのでこのまま続ける。

……勿論、今後傷を負わないようには気をつけるつもりではある。

初期リス地と同じで1番最初に転送された街の中心が復活ポイントの様だった。

死に戻りをしている人が珍しいのか、弓を持っている人が珍しいのか。

どちらかは知らないが、結構な人が俺とレイナさんを見ている為、レイナさんに促されるがままに武器をしまい、ついていった。

「どこに行ってるんですか？」

「ギルドです。そこで、達成条件を満たしているクエストの達成と、矢を買い足します」

達成条件を満たしているクエストについてはあまり想像がつかないが、確かに矢は買い足した方が良いだろう。

取り敢えず借りた本数の倍ぐらいはレイナさんに返す予定だ。

「そういえば、私はなんで死んだんですか？」

「斜め後ろからの狼の一噛みです」

「そうですか。近づかれてるのにも気づきませんでした」

「俺もレイナさんのＨＰバーが砕け散るまでは気づきませんでしたよ」

「そうですか……。で、ここがギルドです。列に並んでいる人達は雰囲気を味わいたい人達だと思うのですが、並びますか？」

「いえ、大丈夫です」

雰囲気を味わってみたい気持ちはあるが、あそこまで長蛇の列になっていると並ぶ気も失せる。

俺の返答を聞いて並ぶ事なく中に入っていったレイナさんに続いて、中に入った。

そこでは、アニメによくあるギルドのようなものが完璧に再現されており、列の最前部にはカウンターがあってＮＰＣと思われる美人さんが受付をしていた。

「え、これ並ばないでクエストとか受けられるんですか？」

「ギルド内であれば、メニューの項目に追加されている『クエスト』、『売買』から目的ははたせます」

「へぇー」

「それよりも、『あれ』どうにかしたいのですが」

レイナさんが指差したのは、弓を持った黒紫色の髪の少女だった。

弓を持っているせいかは知らないが周囲から冷やかされており、あどけなさの残る顔立ちが完全に強張っていた。

正直、本音を言わせてもらえば関わりたくないのだが、レイナさん的には関わる気のようだった。

「何故関わろうとしてるんですか？　俺達には関係ないでしょう？」

「確かに関係ないかもしれないですが、弓が不遇なんていう認識は認めたく有りません。私がこのゲームを始めた理由もそれですから」

確かに、その理由で始めたのだったら関わらない理由がない。

それどころか、関わらなかったらこのゲームをやる理由がなくなるだろう。

俺としては、弓が不遇だろうがある程度楽しめれば良いのだが、レイナさんの手助けはするつもりだ。

……雫先輩の後輩としては印象を悪くしたくないし。

「協力します。どうしますか？」

「メニューから称号を表示してください。出来れば見た目が強そうなやつで。少しぐらいは威圧になるはずです」

「はい」

言われるがままに、メニューから称号を表示する。

どうやら、称号はプレイヤーネームの下に1つだけ表示出来るようだ。

ゲームを楽しみたいだけだから、あまり目立ちたくはないのだが……取り敢えず、見た目的に強そうな【始まりの街南部の覇者（草原）】を表示する事にした。

俺がメニューを弄っている間にレイナさんも設定したようで、【遠距離物理スキルの先駆者】とプレイヤーネームの下に表示されていた。

「いきます」

「……はい」

前を進むレイナさんの後ろをついていく俺。

少女を笑ってみている人達の内の数人が気付いたようだったが、レイナさんの称号を見て一層笑いだした。

「弓だからと冷やかす必要はないと思いますが？」

女の子の前にたって、レイナさんはいきなり冷やかしている男に対して文句を言った。

確かに、冷やかしているようにしか見えないので別に良いと思うが、挨拶《あいさつ》ぐらいは……。

「あ？　別に冷やかしてる訳じゃねえよ？　ただ単に、『キャラメイクからやり直したほうが良いよ～』って教えてやってるだけだ。……てか、お前も遠距離物理か。どうやってスキルレベルを最大にしたのかは知らんが、お前もキャラメイクからやり直したほうが良いぞ」

文面だけを見れば親切心で言っているように思えるが、実際の所はそんな事ない。

男は話している途中、ずっと笑っているし、その見下したような目は変わる事がない。

「余計なお世話ですので大丈夫です。これでも、レベルランキングは1位なので」

レイナさんの発言を聞いてランキングを見たが、実際そうだった。

1位と2位と3位がレベル9、4位以降数人がレベル8だった。

これだと、俺も1位という事だろうか？

まあ、あれだけ連続でグラスラビットを倒していたのだから、納得は出来る。

俺としてはレイナさんの会話に交じる気はないので、少女を少し避難させる事にしたのだが。

「ねえ」

「は、はひ」

「ちょっと来て」

言ってから手を引いて連れていこうとしたが、触る事が出来ない。

そういえば、セクハラ対策は厳重なんだったか。

まあ、元々触る必要がないので別に触れなくても問題ない。

先程は固まっていて動けそうにはなかったが、今なら動けそうである。

「来て」

「す、すみませんお金はそんなに持ってないんです！」

「は？」

「何やってるんですかレンジさん」

恐らく、俺を強請りか何かと勘違いしたのだろうが……それよりもレイナさんの『何をやっているの？』という疑問の顔の方が心にきた。

「……えぇ。えっとね……。……」

正直、話しかけた事を後悔しかしていない……最も簡単にこの状況を解決する方法はなんだろうか。

取り敢えず、レイナさんの目標は今は気にしていられない。

今は、先程まで冷やかしていた奴等が俺を変な物を見る目で見てくるのを止める事が重要だ。

「お金は沢山持ってるからいらないかな……。一応称号5個持ってるからそれでお金はだいぶ貯まってるんだ」

称号を5個持っていると言った時に、数人が此方を凝視してきた。ただ、凝視するだけで誰も動き出さない。

……いや、数人が内緒話をしていたりするので……逃げたい。

周囲は静まり返っていた。

正直、視線を集めるのはあまり得意ではないのだが……。

「はじめましてレンジ君。僕はルトというのだが、方向性で差別をしたりはしない。少しお話をしないか？」

「はぁ……？」

無言の空間が出来上がっていた為、今すぐにでも逃げ出そうかと思っていたタイミングで男が話しかけてきた。

「一応自己紹介をしておこう。僕の名前はルト。βテスト時に、クラン『瞬光』のクランマスターをしていたものだ。それと、すまない。僕の発案で君のゲームを制限してしまった。ナオ君の事は許してあげてくれないか？」

「気にしてないので大丈夫です」

「そうかい？」

「ええ」

俺としては、ソフトをくれただけで満足しているし、ゲームの制限をされたというよりか、道を示してもらったような気分なので……いや。

「やっぱ気にしてるんで、この状況をどうにかしてくれません？」

「そのぐらいであれば喜んでやろう」

「ありがとうございます」

「今から！　西の草原にて『瞬光』のクラン員を募集する！　人数は1パーティー分、6名だ！方法はその時伝える！　ぜひ来てくれ！」

「……」

「まあ、そういう訳だ。君もぜひ来てくれると嬉しいが、来ないだろう？　ナオ君も喜ぶと思うのだが」

解決をお願いしたのにクラン員を募集するとは何事だ？　と思ったものの、その言葉で結構の人数が動き出した。

まあ、どちらにしろ、

「すみませんが行く気はありません」

俺は気楽にまったり楽しみたいのだ。

ガチ勢クランには入る気はない。

「そうか……。では失礼する」

……。

嵐が過ぎていったような気分だ。

ルトさんが出ていくと、他のプレイヤーもどんどん出ていった。

「……想定外でした」

「俺も想定外でしたよ。……色々と」

「一応、目的は達成……出来たと思います。……取り敢えずフレンド登録をしませんかユウさん」

「は、はい。此方こそお願いします」

色々と疲れた。ゲーム内時間で2時間、リアルでは1時間程しかたっていない筈なのにここまで疲れるとは思わなかった。

「疲れたから今日は落ちていいですか？」

「え、もうですか？　これからもう一度この子を連れて深淵の森に行こうと思ったのですが……」

普通に不思議そうな顔をしているレイナさん。

正気かどうか聞きたくなるのだが……俺は流石に無理だ。

「一応、夏休み目前とはいえ、明日も学校があるので……」

「そうですか……では仕方がないですね。お疲れ様です」

落ちる寸前まで、ユウさん、俺の事を強請りか何かと勘違いしていた女の子は視線を合わせてくれなかったが、まあ別に良いだろう。

「……疲れた。なんかもう十分やった気がする」

このゲームがリリースされたのは午後4時だった。

「あ、矢。……まあ、良いか」

ゲーム内は現実の2倍の速度で進んでいる為、今の時刻は午後5時。夜ご飯まではまだ時間がある。

レベリングと特殊クエスト

俺の家はどこにでもあるような家庭だ。

父親と母親、大学生の姉と高校生の俺の4人家族。

ただ、少し変わっているのは、夫婦仲がよろしすぎる事と、父親が単身赴任中な事だろうか？

母親は勿論父親についていってる。

正直言わせてもらうと、姉の頭はちょっと逝《い》ってる。

別に障害があるとか言うわけではなく、VRゲームの熱狂的なプレイヤーなのだ。

姉が基本的にプレイしているのは個人向けの奴らしいが、それでもその熱意のせいで俺はVRゲームを始める気にはなっていなかった。

まあ、友達に誘われれば始めるようなレベルの遠ざけ方だが、姉にVRゲームを誘われても絶対にやらなかっただろう。

そんな姉がいる為、VRゲームをやる時間を減らさないためにも、夜ご飯の時間は7時と決められている。

基本的には姉がご飯を作るわけがないので、俺が作って片付けは各自でやっているが、もし俺がやっているゲーム、〈Trace World Online〉をガチるようになったら交代制にしてもらおう。


「蓮司〜。夜何？」

「オムレツ」

「へーい」

ちょっとした考え事や、公式サイトを見て時間を潰してから、大体7時にご飯が出来るように作り始めた。

実際は7時より少し前に出来たが、遅れなければ一切問題ない。

いつも通りに、7時ぴったりに姉がリビングに入ってきた。

その頃には、配膳等は済ませていた為、すぐに食べ始める事が出来た。

「「いただきます」」

「そういやさ、蓮司の始めたゲーム面白い？」

「なんで？」

「そろそろ今やってる恋愛シミュレーションゲームが終わりそうだから、面白そうならやってみようかなって」

姉がやっているのは乙女ゲーだが、わざわざ恋愛シミュレーションゲームと言っている。

正直、乙女ゲーで恋愛シュミレーションが出来るとは思わないのだが、面倒くさいので突っ込んでいない。

「まあまあ面白いんじゃない？　ただ、調べた限りだともう売り切れてて第2陣は2週間後発売だよ」

第1陣。

まあ、俺のような人達が沢山いて、2週間後に第2陣としてもう一度売るらしい。

要するに、結構人気がある。

「へー。まあ、気が向いたらやってみようかな」

「あっそ」

その後は相変わらずいつも通りに、プレイしているゲームの批評？　というか、感想を聞かされ続けた。

乙女ゲーとか興味もないしやる予定もないから、本当にどうでも良いのだが……。

当て馬キャラが可愛いくてなんか癪《しゃく》だとか、漁夫の利ルートが面白いとか……詳しく説明しだしたのを聞いていた所、簡単にまとめれば攫《さら》ってくれるらしいが、全く意味が分からなかった。

まあ、楽しんだという事はすごく伝わった。

姉に強敵の攻略はどうすれば良いのか聞いてみた所、場合によるが今やっているのだと外堀から埋める……第三者を利用するというのが1番効果的だと教えてもらった。

俺が知りたかった事とは全く違うのだが、それのお陰で思いついた事はあった。

〈Trace World Online〉が人気な理由としては調べた限りだと、敵モブ一体一体にAIがついていて自由に動いていたり、グラフィックがとても良かったりと、色々と有る。

このゲームの中に、別種族の魔物同士が勢力を競い合っていて殺し合いをしているという細かい設定までされていたりして、作り込みが凄いのだ。

そしてこのゲームの経験値は少しでも貢献度があれば、敵モブが死んだ時に割合で貰える。

これを逆手に取れるのではないかと考えたのだ。

矢を当てて誘導し、別種族の敵モブと会わせる。

そうすれば、設定が確かなら戦闘が始まるはずだ。

想像通りに行けば、矢の消費量を最低限に抑えながら最低限の作業量でレベリングを行う事が出来る。

まあ、実際に出来ればラッキー程度に考えて、やってみよう。

……自称恋愛シュミレーションゲームマスターの発言から思いついたのは癪だが。

折角思いついたのだから早くやろうと思い、食器洗いなどを先にやらせてもらいすぐにログインした。

「戻ってきた……」

リス地はログアウトした所であるギルドだった。

目立ちたくはないので、すぐにメニューから称号を非表示にし、矢などの備品の購入、クエストの達成をしてからギルドから南の門へと転移した。

パーティーを解除し忘れたため、レイナさんのレベルを見る事が出来たが、レイナさんのレベルは16だった。

因みにこれはレベルランキングだと10位ぐらいだ。

19が1人、18が2人、17が5人程いる。

あの勘違い少女のレベルは13だった。

正直、矢を当てる事すら出来ないと思っていたのだが、違ったのだろう。

パーティーを組んでいる人が遠くにいると行動妨害が発生する事もあるため、パーティーを組んでいる理由もないし解除した。

因みに今装備している『弓術士の弓』だが、ギルドランク3で買えるようになり、

『弓術士の弓』★★
必要最低ステータス
弓士Lv．5
STR10・DEX30
装備ボーナス
DEX3上昇

▼

【遠距離物理】専用の弓。

初心者の弓よりは扱いやすく出来ている。

純粋な与ダメージ限界値は150。
▼

こんな感じの効果がある。

矢に関しては『初心者の矢』より少し攻撃力が増した感じで、特に効果はなかった。

南門を出ると、少しの人々が全力疾走でグラスラビットを追いかけてはいたが、人の数はあまり多くなかった。

100人ぐらいだろうか？　全体の人数を考えるととても少ない事が分かる。

AGIに特化しているというのに全速力で走った事がない為、全速力で森まで突っ切った。

想像以上に早く、1秒で20mは行けた上にシステムアシストか何かが補助のような事をしてくれたおかげで、思っていた以上の動きが出来た。

今回俺がやろうとしている事は敵に存在がバレてしまうと即詰みなので、AGIを重点的に上げるとともに、新しく取った【隠密】の効果時間を伸ばすためにもMPを上げている。

と言っても、隠密の10秒あたりの消費MPは1だ。

MP回復薬も買っておいたので、要所要所で使えばMPは気にしなくていいだろう。

「さあ、やりますか」

と言っても、敵を見つけたら即スタートというわけにはいかない。

まずは2種類以上の魔物を見つけ、俺を含む3種が一直線になるようにし、遠い方の魔物に攻撃を当てる必要がある。

レイナさんと来た時、あの蜘蛛は迷う事なく一直線で此方に来ていたため、矢の飛んできた方向が分かるぐらいのAIが積まれている事は分かっている。

後は2種類以上の敵を見つける事だが、それが難しい。

1種類は簡単に見つかる。

だけれど、もう1種類を見つけるまでに何処かに行ってしまうし、たとえ2種類見つけられたとしても一直線の配置取りが出来ない。

「思ってたよりムズいなこれ……」

20分程そうしていただろうか？

運良く一直線に並ぶ事が出来たタイミングがあり、見逃さずに撃つ事が出来た。

蜘蛛と蛇であり、群れで行動する事が多い狼ではなかったのは始まりとしては素晴らしかった。

そして、俺の理想通りの状況が起きた。

矢を当てられた蜘蛛は、一直線に蛇のいる場所に向かい、交戦を始めたのだ。

それからは作業のような事をすれば良い。

交戦している場所に矢を使って他の魔物を誘い込む。

それだけで、そこは魔物が大量発生した危険地区みたいな状況になった。

魔物達に存在を感づかれないようにする事や、1種類の魔物の数だけが多いなんて状況にしないようにするのは苦労したが、それ以外は何とかなる。

一定以上の騒ぎになってしまえば、俺が何もしなくても魔物は集まってくる。

なるべくヘイトを買いすぎないように全ての魔物に1発は当てる。

これをしているだけで、ログが大量に流れた。

「やべぇ……目が回る」

視界に表示されて流れていく大量のメッセージ。

つい書かれている文字を目で追ってしまう為、もうこれ以上目が回る事がないように一時的に通知をオフにする。

「ようやくしっかり見える」

割合で経験値が貰える為中々レベルが上がるという事はないが、意味の分からない速度で保有アイテムの数が増えていく。

ただ、ここまで大きくなるとは思っていなかった。

生態系とか思いっきり壊れそうだが大丈夫なんだろうか？

大体1時間ぐらいたったタイミングでようやく収まり始め、1時間半程たったタイミングで全ての魔物がアイテムになった。

レベルは22まで、職業レベルは18まで上がり、想定以上の上がりを見せてくれた。

ただ、もう一度レベルランキングを見た所、1位は24だった。

正直、今俺がやった事よりも効率よくレベルを上げる方法など思いつかないのだが、それ程1位の人は凄いのだろう。

「疲れ……は？」

通知をオフにしていたメッセージを確認し始めた所、1つだけ人為的魔物の大量発生イベントとは全く関係のないものを見つけた。

特殊クエストが発生しました。
『闇精霊の興味』
クエスト達成条件は、
1回も死なない。
自分のレベル以上の敵をソロで倒す。
100／100
自分のレベル以上のボスをソロで倒す。
0／1
です。

特殊クエスト……確か特定条件を満たしたプレイヤーのみに発生するクエストだっただろうか。

正直、1つ目と3つ目の達成条件の難しさがとてつもなくやばいのだが、見間違いだろうか？

俺が今いる【深淵の森表層】の適正レベルは30だが、それはパーティーを組んでの話だ。

ソロとなるとう少し難易度は上がるだろう。

俺はセコ技を使ったから何とかなったが、これがなければ確実に即死している。

しかも、ボスとなるとパーティーでの適正レベルより高い事が予測出来るため、35ぐらいは有るだろう。

それを死ぬ事なくソロ討伐。

しかもレベル制限あり。

場所をここで限定する必要はないとはいえ、無理ゲーだ。

まあそんな事はどうでも良い。

精霊だ。あの、精霊に関わるクエストが発生している。

今までは弓に関する練習しかしてこれなかったが、精霊と契約する事が出来れば〝彼〟の戦い方にもっと近づけるだろう。

ただ……。

「条件が厳しすぎる……取り敢えず、ギルドに戻って換金とかしよう」

買った矢の大半が使い物にならなくなってしまった。

この戦闘で分かった事だが、矢は敵に当たれば最低で耐久値50％は削れる。

まあ他の要因によってもっと削れる事もあるが、そこは良い。

今重要なのが、その矢は刺さっている対象が死んだ瞬間に回収される事と、耐久値が50％あればもう一度使えるという事だ。

要するに、上手くやれば1本につき2回相手に当てる事が出来る。

まあ、この戦闘で2回使う事が出来た矢なんて片手の数しかないので混戦時はあまり使えないが、それでも有るのとないのとでは全然違う。

【隠密】を発動させる事で、考え事しながらでも移動をする事が出来ている。

先程、【隠密】と【射撃】はレベルマックスにし、他は何を上げようか悩んでいるところでもあった。

正直、隠密や回収と言ったスキルは派生であれ進化であれ、レベル1を取るのにすらＳＫＰが４ポイントもかかる。

それだったら、【遠距離物理】向けのスキルを習得、又は上げたほうが良いような気がするのだ。

【弓術】を上げてクールタイムを縮める事も考えたが、矢を取り出すスキルでは２本同時に取り出す事などは出来ず、今の状況で何も不便を感じていないので優先順位は低い。

転移可能地点に移動した事もあり、１回考えるのを止めて弓をしまい、転移した。

勿論、転移先は初期リス地だ。

そこから少し移動するだけで冒険者ギルドに着く事が出来る。

相変わらず冒険者ギルドは並んでいた。

雰囲気は味わいたいがそこまで重要視はしていない為、素通りして中に入る。

中に入ってすぐにクエストの達成、持ち物の売買等を行った。

ストレージは99種類×99個だ。

まだ余裕はあるが、使えなくなった矢は全て捨て、保有アイテムで使えそうな物は1スタックを残してそれ以外はギルドに預け、使えなそうな物は売却した。

ギルドはギルドランク×10種類を99個まで預ける事が出来る。

今回のクエストではランクは上がらなかったが、それでも30種類×99個預ける事が出来るので十分だ。

溜まっている金で矢を追加で200程買い、ギルドを後にした。

「……疲れるな。今日はもう終わり……はまだ早いか」

マ◯オなどでも、全てのコインやはてなボックスを集めてからゴールしたりするような人間である俺は、何となく出来る事はやってみたくなった。

という事で、まずは街の散策をしよう。

今まで南にばかり行っていたので、反対である北に行く事にした俺は、行列を眺めながら移動を開始した。

剣と盾のマークをしたお店や、回復薬が入っているであろうフラスコのようなマークが掲げられているお店に、天秤マークがあるお店……ではなくあれは商業ギルドだろう。

営業等をするつもりはないので俺には無縁ではあるが、結構な人数のプレイヤー、NPCが出入りしていた。

他にも、露店スペースのような物が有ってプレイヤー達の手で露店が開かれており、中世の風景にマッチしていた。

街を歩いている人々はプレイヤーのマークが有る人がとても多く、人、獣人、エルフ、ドワーフと多岐に渡っていたが、弓を持っている人は1人も見かける事が出来なかった。

まあ、俺のように何も装備していない人は数名程いたので、そういった人は弓を使っているのかもしれないが、【遠距離物理】の不遇さが否応なく理解させられた。

圧倒的に多いのは剣や槍などを持っている【近距離物理】であろう人達。

剣や槍を持っている人達で半数ぐらいを占めていた。

気付いたら北の門まで来ていた為、ついでに好戦的と言っていたグラスラビットがどんな感じなのかを見に行く事にしたのだが、

「なんだこれ……」

人が多い。

とてつもなく広い筈の草原に大量の人、人、人。

ちらっと兎が見えたような気がしないでもないが、もう一度見た時にはいなかったので速攻で倒されたのだろう。

とにかく人が多い。

弓を構えても当たる前に他の人が攻撃するだろう。

ここで俺がグラスラビットを倒す方法はな……くはないがほぼない。

最終手段としては、剣を持つとかいう、方向性を完全に無視したプレイ方法があるのだが、リアルで剣を握った事のない俺が剣を振っても当たらないだろう。

……戻ろう。

行きと帰りでは違った観点で見えるのではと考え、歩いて戻ったが面白いものなど見つからず、初期リス地まで戻ってきてしまった。

ゲームを再開してから2時間ちょっと、リアルでは9時前といった所だろうか？

今ログアウトしても、リアルではやる事がないので続ける事にした。

取り敢えず、ステ振り等をじっくりと考えた結果、

名前：レンジ
種族：エルフ
レベル：22
方向性：【遠距離物理】
職業：弓士Lv．18
HP：10／10
MP：250／250

STR：50
VIT：0
AGI：130
INT：53
DEX：80＋3
【スキル】
【望遠Lv．2】【目測Lv．2】【弓術Lv．4】【弓技Lv．4】【射撃Lv．Max】【回収Lv．Max】【AGI上昇Lv．1】【DEX上昇Lv．1】【視力上昇Lv．1】【隠密Lv．Max】【連射Lv．3】【衝撃Lv．3】
【称号】
【初討伐者（始まりの街南部草原）】【初討伐者（始まりの街南部草原ボス）】【始まりの街南部の覇者（草原）】【一般スキルの先駆者】【初討伐者（深淵の森表層）】
STP：0
SKP：0

こんな感じになった。

上げる必要がないと思っていたＩＮＴだが、隠密の効果がＩＮＴ依存だった為、急遽《きゅうきょ》上げる事にした。
よく考えてみればスキルや称号を細かい所まで見た事がなかったので、じっくりと見ると。

【望遠】ＰＳ
遠くが見えやすくなる。
視力が上がる。

【目測】ＰＳ
距離感が正確につかめるようになる。
視力が上がる。

【弓術】ＰＳ／ＡＳ
レベル×１％相手に矢が当たる確率に補正がかかる。
ストレージから矢を取り出す事が出来るようになる。
１本／（５．５−０．５×レベル）秒

【弓技】との最大レベル差は１

【弓技】ＰＳ／ＡＳ
弓に関する様々な技を覚える。
Ｌｖ．１【クイック】
Ｌｖ．２【ダブルショット】
Ｌｖ．３【ツインアロー】
Ｌｖ．４【チェイサー】
【弓術】との最大レベル差は１

【射撃】ＰＳ
射撃で与えるダメージに補正がかかる（ＳＴＲ依存）
射撃が少し上手くなる。

【回収】ＰＳ

アイテムのドロップ率微上昇。
周囲の落ちてる所有者なしのアイテムを自動回収。
投擲武器の自動回収。
投擲武器の回収時、（10−レベル）×10％耐久値減少。

【AGI上昇】ＰＳ
AGIがレベル×1上がる。

【DEX上昇】ＰＳ
DEXがレベル×1上がる。

【視力上昇】ＰＳ
視力が上がる。
見やすくなる。

【隠密】ＡＳ
10秒あたりＭＰ１を消費して隠密行動を取れる。
ＩＮＴ依存。

【連射】ＰＳ
連射速度が上がる。
連射時、戦闘中のそれまでの連射数に応じてダメージに補正が入る。
ＡＧＩ依存。

【衝撃】ＰＳ
武器が相手に当たった時に衝撃を発生させる。
ＳＴＲ依存。

【初討伐者（始まりの街南部草原）】

始まりの街南部草原にて初討伐を行った者に与えられる称号。
始まりの街南部草原にて戦闘時、
ドロップ、経験値等微上昇。

【初討伐者（始まりの街南部草原ボス）】
始まりの街南部草原ボスを初討伐した者に与えられる称号。
始まりの街南部草原にて戦闘時、
ドロップ、経験値等微上昇。

【始まりの街南部の覇者（草原）】

【初討伐者（始まりの街南部草原）】と【初討伐者（始まりの街南部草原ボス）】の2つを所有している者に与えられる称号。

始まりの街南部で得られる全てのものに若干の補正。

始まりの街南部草原での採取、採掘上限解除。

【一般スキルの先駆者】

一般スキルを一番最初にレベルマックスにした者に与えられる称号。

【初討伐者（深淵の森表層）】
深淵の森表層にて初討伐を行った者に与えられる称号。
深淵の森表層にて戦闘時、
ドロップ、経験値等微上昇。

こんな感じだった。

連射がとてつもなく有能で、俺に適したスキルだったのはとても良かった。

ＡＧＩ依存でダメージに補正が入る、連射回数でダメージに補正が入るというのは沢山攻撃しないと倒せない敵に会った時にとても役に立つだろう。

「んじゃ、少し行きますか……」

まだ眠くはないので、出来るようになったであろう事もあり、グラスラビットを吹っ飛ばしに行く事にした。

あの時のレイナさんのＳＴＲには未だ届かないとはいえ、ほとんどのステータスは勝っている。

絶対出来るという自信はないが、出来るかもしれないならやらない理由がない。

正直言わせてもらうと、あれには凄い痺れるものを感じたのだ。

なんか、格好良い。

あの、弓から繰り出される高速の矢。

そして、当たった瞬間に敵を吹き飛ばす事が出来る威力。

理解してもらえないかもしれないが、やってみたいと思うのは仕方がない事だろう。

すぐに南の門の前に転移して外に出ると、ログイン当初よりは増えているものの、未だにフリーのグラスラビットを見つける事が出来た。

そして、誰も追いかけてなさそうなグラスラビットを見つけた為、吹き飛ばしてみる事にした。

「……いけっ」

もうここのグラスラビットでは外す事はないと確信出来ていたため、特に気にする事なく撃ったところ、案の定グラスラビットは吹っ飛んだ。

「何だあの吹き飛び方。……やば、弓しまおう」

死んでいったグラスラビットには申し訳なかったが、とても面白かった。

「……人が邪魔だな。いなければ良いのに」

急に吹っ飛んだグラスラビットを見てしまった人達が数人、辺りを見渡していた。

自由に好き勝手にやっていきたい俺としては、目立つ事はあまり好ましくない。

だから、新しくこの場に現れた事になる1番怪しい人間である俺の事をガン見する人がいても無

視するし……、

「なぁ、お前今来ただろ？　さっきの誰がやったか見てなかった？」

「すみません。見てませんでした」

たとえ直接聞かれようとも白《しら》を通す。

「……そっかありがと。……お前武器なに使うんだ？　ここはＡＧＩ値が低いと戦う事すら出来ねえぞ？」

「どうやら戦う事すら厳しそうなので別の方向に行く事にしますね」

「そうか、時間を取って悪かった」

「いえいえ。アドバイス有難うございました」

「んじゃ」

それだけ話すと、男はすぐにグラスラビットを狩るのを再開した。

思い返してみるとヤバい発言をしていたような気もするが街に戻りログアウトする。

やる事をとっとと終わらせ、攻略情報のようなものを見てから眠る事にした。

最前線は、第２の街についてクランを作っていたりするらしいのだが……まあ、深淵の森が有るのでそんなに最前線を目指す理由もないし、のんびりと……レイナさんに先を行かれない程度にやっていくつもりだ。

根性!!

朝起きていつも通りの時間に学校に行くと、案の定尚康に話しかけられた。

と言っても、軽く攻略状況とかを話しあったりしただけだが。

尚康曰く、現段階では第2の街には全体の2、3%しかたどり着いていないのでクラン数もそこまで多くないらしく、【瞬光】はその中でも独走状態で、クラン員50人全員が精鋭らしい。

その他にも様々なちょっとした情報などを教えてもらった後、学校がすぐに終わった事もあり午前中に家に帰る事が出来た。

家に帰った時は大体11時ぐらいで、姉が帰ってくるのは午後になってからだ。

昼ごはんは自分の好きなタイミングで食べる事が出来る為、お腹が空いていた事もありすぐに食べてから〈Trace World Online〉にログインした。

「暗っ」

ゲームの世界の時間は現実の2倍の速度で進んでいる為、今の時刻は23時ぐらいだ。

そりゃ暗いだろう。

もしかしたら【暗視】を取ったほうが良いかもしれないが、ＳＫＰがない為取る事が出来ない。

現実では平日の昼間な事もあるのか、昨日に比べて全然人がいなかった。

これならば、と考え、北の門まで転移した所、実際に昨日に比べれば全然人数は減っていた。

まあ、それでも昨日の南の門よりは多い。

それに、【暗視】を取っていない為見づらいところもあった。

まあ、目関連のスキルを沢山取っていたお陰か、所々プレイヤーが明かりを持っていたお陰かは知らないが、見づらいというだけでそこまで問題は発生しなかった。

「行けるか……?」

人数的にはフリーになっているグラスラビットが所々にいるし、暗いお陰であまり目立つ事はなく出来そうなのでやる事にした。

尚康曰く、各フィールドで20体ずつグラスラビットを倒せば特殊クエストが発生するらしいのでそれを目指してやっていこう。

プレイヤーに当てないようにする事やプレイヤーと戦闘になりそうなグラスラビットは狙わないようにしたりしながらやっていくと、20体倒すのに20分ぐらい掛かってしまった。

それから、ボス戦に挑む事なく東の門、西の門を移動も合わせて1時間程で終わらせると、確かに尚康が言っていた通りに、

特殊クエストが発生しました。

『グラスラビット大討伐』

クエストの達成条件は、
始まりの街東草原でグラスラビットを討伐。
0／30
始まりの街西草原でグラスラビットを討伐。
0／30
始まりの街南草原でグラスラビットを討伐。
0／30
始まりの街北草原でグラスラビットを討伐。
0／30
です。

クエストが発生した。

「おぉ」

今のゲーム内時刻は0時を過ぎたぐらい。

暗いが【遠距離物理】である俺が、周りに影響されずにこのクエストを達成するのにうってつけな環境なので、頑張ってクリアする事にし、クエストが発生してから1時間ちょっと経ったタイミングでようやくクエストを達成させる事が出来た。

その間にレベルと職業Lvが1ずつ上がったので、取り敢えず暗視をレベル1まで取得し、残りのポイントは、こういった暗くて周囲が見づらかったりした時に対応出来るようにする為に残しておく事にした。

DEXはもう充分に上げたので逃げるが勝ちという言葉もあるし、STPに関してはAGIに全振りした。

後は探知系のスキルを取って奇襲を警戒したいのだが、探知系のスキルは【近距離攻撃】、【近距離防御】用のスキルな為取るだけで4ポイントもかかり、手が伸ばしづらい。

特殊クエストの報酬は、称号だけだったが、それだけでも充分だ。

称号取得時に貰えるポイントなどが割と大きかったし、称号の効果も今まで見た中では一番分かりやすかった。

【殲滅者（グラスラビット）】
特殊クエスト【グラスラビット大討伐】の達成報酬。
兎系列の魔物との戦闘時、
与ダメージが上がり、被ダメージが下がる。
貰える経験値、ドロップ等が多少増える。

この勢いのまま第2の街に向かいたかったが、矢の量がもうすぐなくなりそうだった為一度ギルドに戻る事になった。

ギルドに戻りクエストを確認するとクリア出来るクエストが数個あった為、それをクリアしたらギルドランクが4に上がった。

ギルドランクが4に上がった事もあり買えるものが増えたのではと考えて見てみると、弓術士の装備が一式新しく追加されていた為取り敢えずその一式を買い、装備した。

『弓術士のブーツ』★★
必要最低ステータス
弓士Lv.7
AGI20
装備ボーナス
AGI3上昇
▼
【遠距離物理】専用のブーツ。

▼
『弓術士のズボン』★★
必要最低ステータス
弓士Ｌｖ．７
ＳＴＲ10
装備ボーナス
ＶＩＴ３上昇
▼
【遠距離物理】専用のズボン。
▼
『弓術士の胸当て』★★
必要最低ステータス
弓士Ｌｖ．７

ＳＴＲ10
装備ボーナス
ＶＩＴ３上昇

▼

【遠距離物理】専用の胸当て。

▼

『弓術士のマント』★★
必要最低ステータス
弓士Ｌｖ．７
ＳＴＲ５
装備ボーナス
ＶＩＴ３上昇

▼

【遠距離物理】専用のマント。

邪魔にならないように簡単に取り外しが出来る。

▼

『弓術士の手袋』★★
必要最低ステータス
弓士Ｌｖ．７
ＳＴＲ５
装備ボーナス
ＳＴＲ３上昇

▼

【遠距離物理】専用の手袋。
弓を撃ちやすくする為に
第２関節に穴が空いている。

▼

見て分かったと思うが、ＶＩＴが０ではなくなった。

まあ、ＨＰは変わらず10なので、攻撃を当てられたら死ぬと思っている。

「よし。ボス行くか」

北の門、東の門、西の門。

正直ボス討伐はどこでも良いのだが、第2の街が西にあり、北、東には川があってそれ以上は進めないという事を考えると、西のボスへ行くべきなのだろう。

西は連携を取ったりされる為面倒くさいと聞いたが、俺は遠距離から1発で殺すという事しかやった事がない為分からないし、10秒間の硬直の間に取り巻きを全て倒せばいいので気にしない。

矢も５００本買ったので、勢いそのまま西の門に転移した。

西の門から外に出ると、相変わらず数百～千人ぐらいの人達がグラスラビットと戦闘を繰り広げており、フリーのグラスラビットは稀にしか見る事が出来なかった。

それら全部を無視し、森に近づいていくとフィールドが変わった。

「よし。やるか」

取り敢えず、最優先は取り巻きを潰す事。

チュートリアルだからかは知らないが、10秒間の硬直があってくれる為、それは何とか行う事が出来た。

ボスであるビッググラスラビットは、流石西のボスと言うべきか、射線を合わせないように不規則にジグザグな動きで接近してきた。

だが、俺の方がＡＧＩ値は高い。

近づかれすぎず離れすぎずの距離をキープしながらボスに攻撃を当てる事が出来た。

まあ、５発近く外してからようやく当てる事が出来た訳だが、それでもＨＰゲージが１割ほど残っていた。だが、それも時間の問題だ。

その後数発かけてボスを討伐する事が出来た。


フィールドボスを倒しました。
▼ドロップ▼
ビッググラスラビットの肉×2
ビッググラスラビットの毛皮×1
ビッググラスラビットの角×1
グラスラビットの肉×4
グラスラビットの毛皮×5
500G
▼MVP報酬▼
ビッググラスラビットの肉×1
ビッググラスラビットの毛皮×1

ビッググラスラビットの角×1
ビッググラスラビットの短剣×1
100G

「よし。終わった」

一応『闇精霊の興味』の項目を確認したが変わっていなかった。

まあ、当たり前だろう。

このボスが俺よりもレベルが高いとは思えない。

視界内に表示された『次フィールドに行きますか？』という質問に対して『はい』と答え、森の入り口へと転移した。

尚康の情報では、フォレストラビットとフォレストウルフという2種類の魔物しか出ないと聞いているが、用心して進む。

3次フィールドである第2の街周辺の草原に出るためには、2次フィールドである今いる場所で20体以上魔物を倒してから、ボスであるフォレストベアを倒さなくてはいけない。

まあ、ここの適正レベルは10。

ソロであっても15ぐらいあれば問題ないと尚康が言っていたから大丈夫だと思っている。

実際、奥地に進む間に5、6体程倒したが、フォレストウルフは2発、フォレストラビットに至

って は1発当てるだけで倒す事が出来た。

その後もサクサクと相手を倒す事が出来、気づいたらボスのフィールドに移っていたようだった。

ある場所を中心に木の生えてない場所があり、その周囲に木で出来た壁が有る。

ボスフィールドはそんな感じだった。

中心に少し大きな魔法陣が有り、俺がこのフィールドへ転送されてから10秒程したタイミングで魔法陣から熊が出現した。

硬直時間を狙って矢を当てようとしたが、

「ガアァァァァァァ」

熊は咆哮《ほうこう》をあげ、回避した。

「は？　てか硬直なしかよ」

硬直がなかった事に驚いたものの、その後は単純だった。

俺を攻撃するために近付こうとする熊と、近づかれないように、そして離れすぎないように距離を保ちながら矢で攻撃する俺。

ＡＧＩ値が１５０もあれば追いつかれる事などない。

兎よりも単調な動きしかせずに、それでいて大きい的を外すわけがなく、

フィールドボスを倒しました。

▼ドロップ▼
フォレストベアの肉×2
フォレストベアの毛皮×3
フォレストベアの牙×1
800G
▼MVP報酬▼
フォレストベアの肉×1
フォレストベアの毛皮×1
フォレストベアの牙×1
フォレストベアの魔石×1
300G

「よし、終わった」

あまり難易度は高くなかった。

これに比べたらレイナさんと協力してようやく倒せた蜘蛛の方が強かった。

まあ、レベル的にも蜘蛛の方が高いのでそんな物なのだろう。

視界内に表示された『次フィールドに行きますか？』という質問に対して『はい』と答えると転

送され、目の前に草原が広がっていた。

所々に、緑色の小さな人型をしたいかにもゴブリンといった風貌の敵が見えるが……と考えていた所で脳内に着信音みたいなのが流れるとともに、視界に『応答／拒否』という選択肢が現れた。

勿論、拒否する理由がないので応答する。

「もしもし」

『あ、レンジさんですね？』

「そうです」

『今何処にいますか？』

「第2の街前の草原にいます」

『……じゃあ、第2の街のギルドにすぐに来る事って出来ますか？』

「出来ます」

『じゃあ、来てもらえませんか？』

「良いですよ元々行くつもりでしたし」

『じゃあ、待ってます』

「はい」

突然の着信音には驚いたが、元々行く予定だったギルドに呼ばれただけだった。

少しゴブリンと戦おうかと思っていたが、予定を変更してギルドに直行する。

このフィールドは、街に行くだけだったらゴブリンを倒す必要もなかったので丁度良かった。

門から中に入り、中心部へと歩いていく。

基本的には始まりの街と大差なかったが、所々でプレイヤーが俺の知らない物を売っていたり、売られている装備の見た目が格好良かったりと、最先端を伺わせられた。

始まりの街とはギルドの位置関係は変わらず、迷う事なくたどり着く事が出来た。

最先端なだけあるのか行列はなく、皆中に入っていたので俺も続いて中に入っていく。

「あ、レンジさんさっきぶりです」

「さっきぶりです」

ギルドの中に、レイナさんは1人でいた。

勘違い少女も一緒にいるのではと考えたが、あてが外れたようだった。

「色々と話したい事があるんですが……すみません。深淵の森のボスに勝手に挑みました」

「はい？」

深淵の森のボス？　今のレイナさんのレベル的には到底勝てるとは思えない。

というか、ボスと戦う最低条件である、フィールド内の敵を20体以上討伐する。

というのをレイナさんは達成してるわけだ。

俺は偶々変な方法を思いついたから達成する事が出来たが……やっぱりレイナさんは凄いと思う。

それになによりも、何故謝られているのかが分からない。

俺は元々1人で挑むつもりだったし、レイナさんとパーティを組んだのはあの時までの話だと思っている。

確かに、レイナさんの射型は参考になるところも多いので、パーティに誘われれば参加するつもりではあるが……レイナさんが謝る必要はないだろう。

「えっと……お疲れ様です？　因みにどういう経緯でそうなったのかとか教えてもらえますか？」

「はい。レンジさんがログアウトした事もあり、深淵の森を攻略するのは無理だと考えたので、ユウさんと第2の街を目指す事にしました。到達は出来たのですが、ユウさんはログアウトしてしまったので、手持ち無沙汰になったので挑みました」

「……よく20体倒せましたね」

「あ、それは他種族を巻き込んでやったので……。で、ボスなのですが私とは相性が最悪でした」

ＳＴＲ特化のレイナさんと相性最悪となると、回避特化だろうか？　それだと、狼又は狼の群れがボスなのだろうか。

「ツインヘッドベアと言ってその名の通り2つの頭が有るのですが、多分ＡＧＩとＩＮＴ値がとても高いです。走って接近してきて攻撃されるか、風の刃を飛ばして攻撃してきましたので」

「……無理ゲー？」

「いえ、多分レンジさんとの相性はそこまで悪くないはずです。速いと言ってもＡＧＩにある程度振っていれば問題ないでしょうし、風の刃もよく見れば見つけられます」

逆に風の刃はよく見ないと見つけられないという意味になっているのだが、レイナさんのあのステータス構成を考えると、俺はもう少し楽に見る事が出来る……と思いたい。

確か、【視力上昇】は『見やすくなる。』とか凄い曖昧な書かれ方をしていたので、それで見えるようになったりしてくれると良いのだが。

「で、恐らく私が行っても邪魔になるだけですので、他の方に攻略される前に攻略してきてくれませんか？　どうせでしたら知り合いが称号を取っていたほうが良いので」

「レイナさんが一緒に来るとかはないんですか？」

「死んでしまうと報酬は受け取れませんので、行くだけ無駄です」

「……そうですか。でも今行った所で勝てる気がしないのですが」

「そこは何ていうか……根性で。ついでに新フィールドの初討伐報酬も貰ってきちゃって下さい」

……根性？

レイナさんはこの後ユウさん、まあ勘違い少女と一緒に3次フィールドの攻略を始めるらしい。

で、勘違い少女と俺を一緒にしたら勘違い少女が萎縮《いしゅく》しちゃいそうだから、本当に申し訳ないのだけれども一緒には行動できないとの事。

いや別に良いんだけど……それに、どうせ死んでも『闇精霊の興味』とやらの達成条件が満たせなくなるだけだ。

十分でかいような気がするが、いずれ同じような事をしなくてはいけなくなる事を考えると、今やっても変わらない。

という事で、レイナさんに乗せられた感は否めないが、深淵の森のボスに挑む事にした。

挑む上で数個程誤算があったのだが、転移というのは街から街の門。

又は、フィールドの境目から起動済みの最寄りの街のみらしい。

最初は第2の街、通称『セカンド』とプレイヤーに呼ばれているらしい街から、始まりの街に転移をしようと思ったのだが出来なかった。

レイナさんに暖かい目で見られたがそこはご愛嬌《あいきょう》だ。

万全を期して挑むためにも、貯めるつもりだったSKPは【視力上昇】と【暗視】に使った。

AGIが150もある事もあり、第2の街から深淵の森への移動は10分程で終わった。

「んじゃ、行きますか」

深淵の森に入ると草原に比べてプレイヤーなどはほぼいなくなる。

敵との接触を控えるためにも隠密を起動して奥地へと進んでいるが、6人のフルパーティーを見つけたぐらいでそれ以外は見つからなかった。

そのパーティーだって、狼の群れと蛇に殺されかけていたし。

やはり、別種族と戦わせる漁夫の利戦法は遠距離じゃないと出来ないようだ。

パーティーと戦っていた狼と蛇は俺の時とは全く違い、しっかりと共闘してプレイヤーを殺しに掛かっていた。

敵対度の構図としては、

プレイヤー〉（超えられない壁）〉別種〉（超えられない壁）〉同系統種

といった感じだろう。

クマとの死闘

そんな事を考えている内に、フィールドが変わっていた。

フォレストベアと戦った時と同じようなフィールドだが、規模が違う。

面積が2倍程になっていた。

出来る限り中心地から離れ、ツインヘッドベアが出てくるのを待つ事10秒。

「「グラァァァァァァァァァァァ!!!!!」」

中心にあった魔法陣から4m程の大きさの2つの頭を持った熊が現れた。

「こっわ、おいまじか」

画面内に、威圧のレジストに失敗しましたとか表示されているが、今はそんな事を気にしてられない。

体が動かないのだ。

熊はそんな俺を見て好機とでも思ったのか全速力で接近してきた。

最初の距離は60m程あったが、3m程まで近づかれ、熊が手を振り上げたタイミングでようやく拘束状態が解ける。

「あぶっ! 死ぬ! 死ぬこれ!」

熊が右手を上げていたため右へと全力で逃げたが、振り下ろされた手は地面を砕き、飛んできた石がかすって俺は瀕死《ひんし》状態になった。

「ＨＰ回復薬は持ってねえんだが!?」

攻撃される＝死だと思っていた俺はＨＰ回復薬など持っていない。

飛んできた小石が掠っただけだと言うのに、今俺に残っているＨＰは１。

完全に瀕死だ。

流血とかの状態異常に掛かっていないだけマシだが、少しでも攻撃がかすっただけで俺は死ぬ。

今の俺に出来る事はただ１つ。

逃げながらダブルショットを基本的に常時発動させて連射し続ける。

それ以外での打開方法はない。

多分俺が１番火力を出す方法はダブルショットの永遠連射だろう。

幸いな事にＭＰ回復薬は買い込んでいるので、ストレージいっぱいとまではいかないが、50個近くはある。

「こいや熊ァ！　何もしないで死ぬとかまじであり得ないからな!?」

「「ガアァァァァァ!!」」

熊と一定以上の距離を離し続けるには、この円形であるボスフィールドの外周でなるべく戦い続けなくてはいけない。

俺も熊も、どちらも中央に行く事なく戦う。

そうしないと、ジリジリ追い詰められるだろう。

流石に、中心から端に追い詰めていくなんて戦法を熊が取れるとは思いたくなかった。

「ん？　何やってんだ？」

俺が疑問に思ってしまうのも仕方がないだろう。

まあ、その間も手を止める事はないのだが、その全ての矢を熊はバンザイの状態で受け止めているのだ。

しかも、今始まった話ではないが、全ての矢が弾かれて1本も刺さっていない。

もしかしたらかすり傷を負わせる事が出来ているかもしれないが、その程度だろう。

そして、その時は来た。

熊が絶叫とともに両手を振り下げたのだ。

「グラァァァァァァァァ!!」

「は⁉　いや、レイナさんの言ってたのと想像したのと全然違うじゃねえか!!」

両手を振り下げると共に発生した10本の緑色の線。

意識をそらしたら見失いそうな感じの薄い線だが、破壊力は全然違う。

熊がいた所から俺の所まで、地面を抉《えぐ》りながら進んできた。

「あっぶな！」

進む速度も結構早く、何故そんな技を打てるのか疑問になるような強さだった。

「絶対お前適正レベル間違ってんだろ!!」

「「ガアァァァァァァァァ！！！」」

俺が10本の線を全力の横飛びで避けている間に、熊が接近してきた。

「近い近い近い！　ちょ、死ぬ！　まておい熊ァ！」

目と鼻の先まで接近され、腕を全力で振ったり、顔を突っ込んできたりと、様々な方法で攻撃してくるが、全てを紙一重で躱す。

本当に紙一重過ぎて、風圧やら何やらで飛ばされそうなるが、そこは根性で耐える。

「あっぶねえ！」

目と鼻の先にある熊の顔。

頑張って弓を壊されないように躱しているが、躱すので精一杯で攻撃に移る事が出来ない。

こんな時だったら〝彼〟は……。

「っし」

「「グアァァア‼」」

一歩引いた後動くのを止めた俺を見て好機だと思ったのか、右手を大きく振り下ろしてくる熊。

「良かった……」

それだったら対応出来る。

「【ダブルショット】」

ほぼ零距離からの6連射。

流石に、6連射を零距離で喰らえば腕を弾き飛ばせるようで……。

「「ガアアアア！！！」」

全ての矢が熊の腕に刺さった。

「は？」

ちょっと意味が分からない。

もしかしたら運良く良い所に当たったのかもしれないが、連射で強化された矢すら弾く防御力をほぼ零距離だったからとはいえ突き破れるとは思えない。

もしかしたら近距離に弱いのかもしれないが、俺には無理だ。

どうにかして近距離に居続けながら攻撃する必要がある。

「「グァァァァァァァァア！！！」」

「無理じゃね!?」

慌てて離れてから、矢が６本も刺さった所為か激昂している熊を見ると、どう考えてもあれ以外での近距離攻撃など無理に思える。

〝彼〟が一度だけやっていた零距離射撃による攻撃弾き。

だが、練習をした事もないので、もう一度やっても成功するとは思えなかった。

「なんか打開策有ると思うんだけどな……」

俺の戦い方の原点となっている〝彼〟のように、冷静に弱点を見つけださないと勝つ事ができないだろう。

まあ今は、取り敢えず連射をしながら逃げる。

勿論、全ての矢を弾きながら熊は追いかけてきていた。

怒りで我を忘れているのかあの風の刃は使ってこないだけましだが、それでも走り続けるのはきつい。

このゲームにスタミナという明確な表示はないが、限界ＡＧＩに対して、どのくらいの割合で走っているかでスタミナの減りの量は決まる筈だ。

だから、俺はなるべくゆっくり、長く走るようにしなくてはいけない。

それから数十分程走り続けた時、ある転機が訪れた。

矢がずらされたのだ。

しっかり見ていたのだから、見間違いな訳がない。

今まで見てきた矢は当たりはするが、ダメージを与える事は出来ていなかった。

それこそ、間に空気の壁が有るかのように。

だが、今回の俺が目を狙って撃った矢は耳に当たるかと思われたのに、少し軌道《きどう》がずらされて当たらなかった。

熊が風の刃を放ってくる事も考えれば、後は容易に想像がつく。

熊は風の鎧《よろい》を纏っている。

ただ、分かった所で何の解決にもならない。

要するに、あの剣が刺さった理由は、風の鎧の内側から攻撃出来たからだろう。

もしくは、風の鎧が飛び道具にしか効果をなさない、か。

どちらにしろ、俺があの熊を倒すためには限界まで近づいて1発で倒す必要があるわけだ。

「……無理じゃね？」

予想でしかないがあの熊の体力は4桁近くあるだろう。

そのHPを、限界純粋与ダメージ150の弓で1発で削る必要がある、と。

無理だ。

「……おちつけ、俺。どこかに弱点があるはずだ。……ある、よな？」

「「ガアァァァァアァァァァァ!!」」

今まで俺が射た矢は全て、熊に届く前に速度という最大の攻撃力を抉り取られ、熊の防御力の前に沈んでいた。

だからこそ、速度に関係なく相手の防御力を無視してダメージを与えられるような武器が……ん？

「ん？　んんん？」

確か尚康に貰った弓は固定ダメージだった筈だが……これはいけるのかもしれない。

まさかこれを予見して……恐るべし尚康。

まあ冗談はおいといて、実際に使えるようだったら尚康には全力で感謝をしておこう。

偶々、熊の動きに隙があった事もあり、速攻で尚康に貰った弓を取り出し、【ダブルショット】を使いながら射る。

「「ガアアアア！！！」」

「おぉぉぉぉぉおおおおお！！！！　刺さった！　まじ!?」

これで熊には20ダメージを与えた事になるのだろう。

後はこれを繰り返せば勝てる……といくほどこのゲームは甘くない。

先程は当てる事が出来たが、数度に1回は風の鎧に矢がずらされて外れるし、風の刃でかき消される事もしばしばあった。

最終的に熊は動く事を止め、その場で風の鎧を纏った腕を使って全ての矢を薙《な》ぎ払いだしたのだ。

当たれば固定ダメージの弓であっても、風の鎧を重点的に纏った腕で弾かれ、当てる事が出来なければ何の意味もなさない。

「ふっざけんな⁉　お前それ、俺じゃあどうやってもHP削れねえじゃねえか！」

いくら撃っても全て腕で叩き落とされる。

限界速度で撃っても、両手を上手く駆使し、全てを叩き落とされる。

逆に撃つ間隔が狭すぎると、4本同時に叩き落とされたりもする。

しかも、偶にではあるものの、叩き落とす腕の振りに合わせて風の刃を放ってくるのだ。

「ざけんな！　まじ！　ふざけんな！」

慣れてきたのか、熊が風の刃を放つ感覚が狭まってきて、避けるだけで精一杯な状況になってしまった。

熊の正面から逃れるためにも右に全力で走っても、熊がその場で少し横を向けば正面になってしまう。

「なめんなっ、まじっ！」

もうここまでくれば完全に遊ばれている。

こうなったら熊が風の刃で矢を弾いているように、矢で風の刃を弾くぐらいの事しか出来ないのだが……。

「はぁ⁉……そうじゃん魔法じゃねえか⁉」

出来るわけがない。

風の刃は魔法なのだ。

もしかしたら弓技の中には魔法を弾くものがあるかもしれないが、今の俺では無理だ。

「ん？　魔法？　んん？　MP消費どうなってんだあいつ？」

いくらMPが多かろうが、魔法は魔法。

MPは有限である。

熊が風の刃を放っている以上、いずれ熊のMPは切れる。

MPさえ切れてしまえば、あとはこっちのものだ。

実際、それは正しかった。

それから10分程避け続けて粘った結果、熊が一切風の刃を放たなくなり、俺に近づいてこようとしたのだ。

もう勝ちゲーである。

MPがないと嘘をついている場合を警戒し、限界まで離れながら『弓術士の弓』で攻撃し続ける。

最初は入らなかった矢が、いまなら気持ち良いぐらいにすんなりと入っていく。

「魔力がなけりゃ雑魚と変わらない」

……そして、時間は相当かかってしまったものの、俺はツインヘッドベアを倒す事が出来たのだった。

フィールドボスを倒しました。

▼ドロップ▼

ツインヘッドベアの肉×6

ツインヘッドベアの毛皮×5

ツインヘッドベアの牙×3

8000G

レベルが上がりました。

レベルが上がりました。

職業レベルが上がりました。

▼MVP報酬▼

ツインヘッドベアの肉×3

ツインヘッドベアの毛皮×3

ツインヘッドベアの牙×2

ツインヘッドベアの双剣×1
3000G

深淵の森表層のフィールドボスの
初討伐者になりました。
▼報酬▼
称号【初討伐者（深淵の森表層）】
STP5
SKP5
スキルレベル限界上昇チケット×1
10000G

特定条件達成により、
称号【深淵の森表層の覇者】
を獲得しました。
▼報酬▼

ＳＴＰ５
ＳＫＰ５
スキルレベル限界上昇チケット×１
１０００Ｇ

特殊クエストのクリア条件を満たしました。
『闇精霊の興味』
▼報酬▼
称号【闇精霊の観察対象】
ＳＴＰ５
ＳＫＰ５
スキルレベル限界上昇チケット×１
１０００Ｇ

特殊クエストが発生しました。
『闇精霊の関心』

クエスト達成条件は、
1回も死なない。
自分のレベル以上の敵をソロで倒す。
0／200
自分のレベル以上のボスをソロで倒す。
0／2種類
です。

特殊クエストが発生しました。
『火精霊の興味』
クエスト達成条件は、
1回も死なない。
HP1割以下の状況で合計1時間以上
ソロで死闘を繰り広げる。
0／1：00：00
です。

「ちょっと騒ぎすぎたな。……てか1回も死なないっていうのは縛りなのか？」

今回の戦いはたまたま弱点を見つけられたものの、遅すぎる。〝彼〟ならもっと早く倒せただろうから、まだまだ努力する必要があるのだろう。

まあそんな事より、発生した『火精霊の興味』、正直このクエストはちょっと工夫すればクリア出来ると思っている。

これは尚康に貰った情報なのだが、HPが減っている状態でHP最大値を上げると、割合が一緒になるようになる。

又、HP回復方法は宿などの回復スポットに泊まるか、回復アイテムを使用するか、回復魔法を使ってもらうしかないらしい。

要するに、今ここでHPの限界値を上げてもう一度ツインヘッドベアと戦えば、この条件をクリア出来るのだ。

という事で、HPの限界値を100まで上げ、先程と状況を同じにしてもう一度挑む事にした。

危惧する点は、死闘というのがどういったレベルの戦いを指すのかだが、2度目である事ぐらいは許してくれる事を願っている。

どうやら2度目の戦いであっても問題なかったようで、火精霊のクエストはクリアする事が出来たし、闇精霊のクエストのボス討伐2つの内1種類はクリア出来た。

又、闇精霊のクエストに2個目があったように火精霊にも2個目があった。

特殊クエストが発生しました。
『火精霊の関心』
クエスト達成条件は、
1回も死なない。
HP1割以下の状況で合計2時間以上
ソロで死闘を繰り広げる。
0／2：00：00
です。

で、これもツインヘッドベアで……と思うかもしれないがそう簡単にはいかない。

今回ツインヘッドベアと戦った時、最後の方は作業のようにこなしていたのだが、その分の時間は加算されていなかったのだ。

だから、もうツインヘッドベアでの時間加算は見込めない。

これはもう……新フィールドに行くしかない。

流石に背に腹は変えられないので、不意打ちされないようにする為にも探知系のスキルを取ろうとしたのだが、ツインヘッドベアと戦うまでは4だったというのに【気配探知】の取得に必要なポイントが1になっていた。

何故だろうかと自分の称号などを見ていった所、

【闇精霊の観察対象】
特殊クエスト【闇精霊の興味】の達成報酬。
一部スキルの適正が上昇する。

【火精霊の観察対象】
特殊クエスト【火精霊の興味】の達成報酬。
一部スキルの適正が上昇する。

この2つの称号がぶっ壊れだったのだ。

【闇精霊の観察対象】は、感知系や、遠距離物理系の一部が、

【火精霊の観察対象】は、能力強化系や、近距離攻撃系の一部が、スキルポイント1で取れるようになっていたのだ。

流石に剣術などは無理そうだったが、体術、歩術などはスキルポイント1で取る事が出来るようになっていた。

「よし。次フィールド行くか」

ツインヘッドベアを作業のように倒せた勢いのまま次のフィールドへと移動する。

「……ん？」

【気配感知】【隠密】を発動させながら次のフィールドに移動すると、ちょっとした違和感を感じた。

ツインヘッドベアと2度戦っていないと分からなかっただろうそれは、目の前を蜘蛛が通った瞬間に姿を表した。

大きさ的には5m程だろうか？　50cm程の大きさの蜘蛛を丸呑みにしたその蛇は、此方の事を気にする事なく悠々と去っていった。

「いや、なんて無理ゲー」

取り敢えず1匹は倒しておきたいので【隠密】と【気配感知】を発動し続け、先程の蛇のような存在を最大限に警戒しながら、一直線に並ぶような位置を探し始めた。

因みに、【気配感知】消費MPも10秒で1効果はINT依存である。

レベルアップで貰ったポイントをMPに振ったが、それでも単純計算30分近くしかもたない。

それだけあれば、十分なような気もするが、表層の時の事を考えると難しいかもしれない……と、考えていたのだが、今回はすんなりと上手くいった。

何故なら、戦闘によって瀕死になっていて、今にもトドメを刺されそうな個体を見つけたからだ。

それがツインヘッドベアなのだから意味が分からない。

初討伐報酬を貰い、早々にその場から抜け出した。

「……どのぐらいたった？」

大体、今のゲーム内時刻は7時だった。

確かに空腹ゲージを見ると半分近く減っており、疲れた為一度ログアウトし、軽く休憩をしてからゲーム内でご飯を食べる事にした。

精霊と迷宮

リビングで軽く休憩を取ってからログインし、プレイヤーが作ったご飯を食べてから第2の街に向かう。

第2の街に着いたが深淵の森があんな調子なのでやる事もなくなってしまい、レイナさんに連絡を取る事にした。

『もしもし』

「レンジですが、レイナさんであってますか？」

『あってますよ。どうでした？　深淵の森は』

「一応勝ってきましたが、次のフィールドが無理ゲーですね」

『そうなんですか？　因みに、今私達は迷宮がある第3の街に着きました。【瞬光】の方々は第2の街をメインにしてるので、此方には全然人がいませんね』

凄いな……。

いくら敵が弱いとはいえ、間にフィールドは3個。

しかも、第2の街から第3の街へ行くには洞窟を抜けなきゃいけないらしいのだが……。

「洞窟どうでした？」

『暗視をレベル3ぐらいまで上げれば問題なかったですね。万全を期すならもう少しは欲しかったです』

「……んじゃ、俺も第3の街に行きます。残っててもやる事ないんで」

『ええ。ぜひ来てください。今は十六夜さんという方ともパーティーを組んでますので』

「へぇー。すぐ行きますね。出来れば今日中にも。では」

『はい』

よし、じゃあやっていこう。

因みに、第3の街も西の方に有る為、始まりの街から第3の街までほぼ一直線でつなぐ事が出来るらしい。

正直、ツインヘッドベアと比べるとどうしても物足りなく思ってしまうので、全速力で第3の街まで進んだ。

道中、ゴブリンは片っ端から倒して、速攻でホブゴブリンとゴブリン数体を召喚し、倒して、洞窟へと入った。

洞窟内で出現する魔物はレイナさんに教えてもらっており、基本的に洞窟内の魔物はＨＰが少ない為、１発で倒す事が出来ていた。

又、本来であれば多少は迷うはずの洞窟を先駆者の情報というセコ技を使い速攻で攻略する事が出来た。

……途中の分かれ道の所で引き返してきている集団を見かけたのだが、彼等はしっかりと自分の力で攻略していたのだろう。

ボスであるジャイアントスケルトンは、骨と骨の間を矢がすり抜けて多少は苦労したが、難なく突破した。

レイナさん曰く洞窟の攻略推奨レベルは20らしいが、此方はジャイアントスケルトンを倒したタイミングで28まで上がっていたので一切問題ない。

その後、洞窟から出てしまえば此方のものだ。

街の周辺フィールドはボスを倒す事なく街に入る事が出来る為、魔物は全部無視して街に入った。かかった時間は大体30分程だろうか？　大分早く行けたような気がする。

１時間ぐらいは闘技場にいると言っていたので闘技場を探そうと思ったのだが、探すまでもなかった。

とても大きいのだ。

それこそ、分かりやすく言えば東京ド◯ム半個分ぐらい。

街の南西部に建てられているそれは異様に大きかった。

勿論、街の大きさもとても大きい。

闘技場は中に自由に入る事が出来たので入っていくと、そこでは銀髪の女性とジャイアントスケルトンが戦っていた。

「あ、レンジさん。早かったですね」

「全力疾走できましたから」

「いえ、それにしても早いですよ」

「ありがとうございます。てか、ツインヘッドベアが風の鎧纏ってたんですけど、そんなの聞いてませんよ」

「そうだったんですか？　私は攻撃するまでもなく殺されてしまったので分かりませんでした」

……そうなのか。

接近して攻撃してきたり、風の刃を使ってくると言っていたからある程度善戦していたと思っていたのだが。

「あ、あの……」

「ん？」

「この前はすみませんでした！」

「……？……あ、あれか。良いよ全然気にしてないし。てか今の今まで忘れてた」

レイナさんの後ろから出てきて怖気づきながらも話しかけてきたユウさん。

実際、ツインヘッドベアと戦うのに夢中になりすぎて忘れていた。

「あ、そうだ。フレンド登録しておこうよ」

「あ、はい」

これでフレンド3人目だ。

個人的にはルトさんともフレンド登録しとくべきだったと後悔してはいるが、ルトさんと話すきっかけにもなっているユウさんには恨む気持ちは一切ない。

まあ、感謝はしないけれども。

「で、あの人が十六夜さんですか？」

「そうですね。【近距離攻撃】で、職業剣士。短剣2つが基本的なプレイスタイルだそうです」

「……」

目の前で繰り広げられている女性とジャイアントスケルトンの戦闘。

ジャイアントスケルトンは俺と戦ったときよりも力強い動きで地面に腕を叩きつけたり、腕を横に薙ぎ払ったりと勇ましく動いているが、女性はその全てを軽々と躱し、カウンターをし続けていた。

その戦闘に見惚れていると、レイナさんが補足を入れてくれた。

「この闘技場、500G払えば今まで倒した事のある敵をレベル差上下10までで再現してくれるんです。倒せていない敵の場合はお金も尚更かかりますし、レベルを変える事も出来ないんですけど、経験値などは貰えませんが死んでもデスペナルティーはありません。又、十六夜さん曰く、死んだ扱いにもなっていないそうです」

「へぇー」

レイナさんの話を聞いている間に、女性はジャイアントスケルトンの腕を弾き飛ばし、首を切り裂いて戦闘を終わらせていた。

そして此方へと歩いてくると、俺の存在に気がついたのか軽く視線が交差した。

「……ん」

「どうも」

「対戦、する？」

「……？　じゃあ是非」

唐突に視界内にＰＶＰの申込みが表示された。

あの剣技に移動速度を考えると、弓を使う俺は圧倒的に不利なように思えるが……レベルが負けているという事はないだろうから、出来る限りは勝ちを狙っていきたい。

ＰＶＰはデスマッチ。

ＨＰを全損させるまでが勝負で、使用したアイテムなどは試合終了後に元通りらしい。

便利すぎる。

基本的に俺のプレイスタイルは変わらない。

とにかく逃げ、矢でちまちま削ってく、筈だったのだが……。

「先にどうぞ」

「？　じゃあ、有り難く」

先手を譲ってもらったので、遠慮なく全力の攻撃を行う。

「【クイック】【ダブルショット】【チェイサー】」

「ん」

だが、俺のスキルの重ねがけも虚しく、6連射で射た矢は両手の剣を使って簡単に弾かれてしまった。

「まじで？」

「……【精霊召喚：風】『フウ』」

「……は？」

精霊召喚。

……精霊召喚。

今俺に発生している『闇精霊の関心』、『火精霊の関心』にいかにも関係がありそうな言葉を十六夜さんが発したタイミングで、俺も【隠密】を発動し、十六夜さんの後ろに回って矢を射ようとした。

「……【隠密】、か」

「え」

隠密を発動し、後ろへと回った直後に【ダブルショット】などを発動し、頭を狙ったのだが……

十六夜さんは、振り返る事すらせずに剣で弾いた。

「……。ふぅ」

「はい？　いや、『ふぅ』じゃないんだけど」

そして、ゆっくりと俺へと体を向けて……。

「早いね……。もう少し、【精霊魔法：風】【風精霊の加護】」

そして始まったのは鬼ごっこに近いものだった。

一度止まってもらい、余っていたポイントなどを全て逃げる為の能力に振ってからもう一度再開した。

が……行動を阻害するために足元に矢を放ってもタイミングよくジャンプされてしまうし、ジャンプしているタイミングで狙おうにも、剣で弾く又は躱されてしまい、徐々に距離は詰められていった。

……。

「……勝った」

「負けた……」

最終的に逃げる事を諦め、ジャンプさせたタイミングで着地点から零距離で攻撃をしようとしたが……当たり前の事だが、弓で攻撃するよりも早く俺の体が切られて敗北した。

右手に持った矢で掠り傷を与える事は出来たと思うが……まあ、圧倒的敗北だ。

やはり近づかれる＝死という認識で間違っていない。

「ありがと」

「此方も近接が本当に無理だという事を痛感しました。ありがとうございました」

「……、十六夜。それと、【精霊魔法】だけど……他のとトレードなら」

「レンジです。闇と火、どっちが良いですか？　まだ興味しかクリアしてないんですけど」

今更感がとても強いが、握手をし、お互いに自己紹介を行った。

名前、種族、職業等をお互いに伝えあった所、十六夜さんから嬉しい言葉を貰った。

ただ、レイナさんとユウさんは理解出来ていない様子で、十六夜さんは全員に言ったつもりなのかもしれないが、伝わったのは俺だけのようだった。

「……闇。通話で教えて」

「フレンド申請の許可をお」

「した」

『闇ですが、自分のレベルより高い敵100体の討伐です。多分』

『……凄い。風は街から街への移動を10分以内に終わらせる事。レンジなら問題ない』

確か、10分以内での街から街までの移動だが、既にもうそれに近い事はやっていた。

まあ先程の話なのだが、第2の街の中には入っていなかったのでスタート地点の登録がされていなかったのだろう。

『ありがとうございます』

『こちらこそ。火もいずれ』

『待ってます』

「……どうしよ」

「これに関しては協力出来ないんで」

「ん」

さて、『風精霊の興味』を取れるのなら早々に試したい所だが……。

「……行ってきたら？」

少し浮足立った俺に気付いてか、十六夜さんが提案してくれた。

勿論、取れるのなら取りに行きたいので、許可を貰ったのだし今から行く事にした。

「……じゃあ、30分ぐらい外します。十六夜さん、戦い方が全く違うので当てにならないかもしれないけど、個人的には障害物が沢山あって隠れやすかったので深淵の森表層がおす……まあ、やりやすいと思います」

「ほんと？　ありがと」

「えっと、そのレンジさん。話についていけないのですが」

「俺は30分程走り回ってきます。十六夜さんは……」

「今日の夜1人でやる」

「との事です」

全く伝わらないような気がするが、精霊に関連するクエストについて詳しく説明する気はない。

話が分からずに困惑しているレイナさんには悪いが、一度抜けて風精霊のクエストを達成させてもらおう。

「えっと……」

「んじゃ、走ってきます！」

「ばいばい」

レイナさん達と別れてから、速攻で走り出した。

方向は分かっているしルートも分かっているので、問題となるのは魔物との遭遇だが……基本スルーで問題なく突破する事が出来た。


6分45秒。

クエストはしっかりと発生した。

特殊クエストが発生しました。
『風精霊の興味』
クエスト達成条件は、
1回も死なない。
ソロで10分以内に街から街へ移動する。
0／10：00
です。

後は、第2の街から始まりの街までの移動だが、これで5分を切れないと割と辛い。

5分17秒。

特殊クエストのクリア条件を満たしました。
『風精霊の興味』
▼報酬▼
称号【風精霊の観察対象】
STP5
SKP5
スキルレベル限界上昇チケット×1
10000G

特殊クエストが発生しました。

『風精霊の関心』
クエスト達成条件は、
1回も死なない。
ソロで5分以内に街から街へ移動する。
0／5：00
です。

【風精霊の観察対象】で上がった適正と、ポイントを利用して『風精霊の関心』をクリアするためにAGIに全振りし、スキルは歩術、歩技を取った。

4分57秒。

特殊クエストのクリア条件を満たしました。
『風精霊の関心』
▼報酬▼
称号【風精霊の加護】

スキル【精霊視】
スキル【精霊召喚：風】
スキル【精霊魔法：風】
STP5
SKP5
スキルレベル限界上昇チケット×1
10,000G

「よっしゃ来たぁぁあ！」


【精霊召喚】という十六夜さんが使っていたスキルを見つけ、つい喜びの声を上げてしまった。

これで恐らく精霊と共に戦う事が出来るようになるのだろう。

周囲にいたプレイヤー達に変な奴を見る目で見られてしまった事もあり、コソコソと路地裏の方へと移動し、早速スキルを使用した。

因みに、1、2、3どの街に限らず全ての街の風景はいかにもな中世魔法世界なので、路地裏はどの街にも存在している。

下級風精霊の名前を決めてください

『　　　　』

スキルを使用して最初に現れたのは命名の魔法陣だった。

緑色で出来た立方体の魔法陣の前面部の中央に空欄が有り、そこへと名前を登録するようだ。

……『フウ』、は十六夜さんと被るのでなしだが『カゼ』は何となく風邪をイメージしてしまうのでなしだ。

となると……『スイカ』は、どちらかというと赤いイメージの方が強い。

『メロン』？『ライム』も有りだ。ただ……果物の名前をそのままつけるのは流石に憚《はばか》れるので……『メロ』『ロン』『メン』『ライ』『イム』『ラム』……『ライ』だな。

1番、何となくでは有るがしっくりとくる。

「【精霊召喚：風】『ライ』」

俺の発声と共に魔法陣に自動で文字が刻まれる。

〝ライ〟という文字が緑色の光で点滅し、立体の中へと吸い込まれていった後に魔法陣は崩れ、ツインヘッドベアの時に見た風の刃よりも圧倒的に色が濃い風によって蕾のような物が形作られた。

それは、ゆっくりと時計回りに回転を始め……ゆっくりと蕾を開かせていった。

最終的に現れたのは、全体的に黄緑色っぽい半透明な人型の女の子だった。

少し変わっているのは、大きさが手のひらサイズな事と、頭に小さな角が有る事だろうか。

女の子は足を前に出して座っているような姿勢でこちらを見つめていた。

「ほぼほぼイメージ通りだ……」

下級風精霊は、召喚されている間AGIを10％上げてくれる。

10秒間に1MP取られるが些細なものだろう。

そして【精霊魔法Lv．1】で覚える【精霊の加護】は、召喚されている精霊の効果を2倍にしてくれる。

これは発動時1秒毎に1MP取られるがそれでも十分大きい。

そして【精霊魔法】というのはデフォルトで、お願いと共にMPを渡せば、属性に適した事を出来る限りで叶えてくれるという効果もついているようだ。

素晴らしい限りである。

「【精霊魔法：風】【風精霊の加護】」

風精霊の効果、【風精霊の加護】が重なって今の俺のAGIは200を超えている。

一応は【風精霊の加護】を使わなくても超えていたりするのだが、折角精霊を召喚出来たのだ。

使わない理由がないだろう。

仰向けの状態で空中を漂っている風精霊がついてきている事を確認しながら第3の街まで戻ると、闘技場にて3人とゴブリンの集団が戦っていた。

俺よりも移動速度が速い十六夜さんがいる事を考えれば楽に勝つ事が出来るような気もするが、思っていた以上に苦戦しており、最終的には敗北していた。

「お疲れ様です」

「あ、レンジさん戻ってきたんですね」

「はい。因みに、あのゴブリンの群れは何ですか？」

「あれは迷宮10層のボスですね。一体一体のレベルが20あり、まだ勝つ事が出来てません」

「…十六夜さんとレイナさんがいればクリア出来そうですが」

「挑んでみましたが無理でした。ゴブリンコマンダー×1、ゴブリンナイト×4、ゴブリンマジシャン×2、ゴブリンアーチャー×2、ゴブリンヒーラー×1、ホブゴブリン×8もいますので」

計18体のゴブリン。

パーティ数に言い直すと、3つのフルパーティが有る状態だ。

それに、レイナさんのパーティが弓士、弓士、剣士とバランスが悪いのに対して、ゴブリンは役割分担などもしっかりと出来ていた。

「……キツそうですね」

「はい」

「レンジ、一緒に挑む？」

「え？」

「……いや？」

「いや、その……」

「？」

「はい、一緒に挑みます。よろしくおねがいします」

「うん」

相変わらず表情が読みづらいが、少しだけ不思議そうにしていた十六夜さんについ頷いてしまった。ライを召喚できる今、気持ちが昂りすぎて何を口走ってしまうか分かったものではない。そこは気をつけなくてはいけないのは間違いないだろう。

俺が加わった所で何も変わらないような気がするが……。

先程の戦闘を見ていた限りだと、コマンダーもヒーラーも、両方共にナイト1体とホブゴブリン2体と言う肉壁に守られており、十六夜さんが近づくどころかレイナさんが矢を当てる事すら出来ていなかった。

全ての攻撃がその3体に阻まれ、すぐにヒーラーによって回復される。

完璧な役割分担が出来ていた。

「……じゃあ、行こう」

「今⁉」

「うん？　それ以外、ある？」

「クエストのクリア条件が」

「？……、あぁ。でも、どうせやる。行こう」

「……失敗したらどうなるか知ってますか？」

「クエストが消える。でも、もう1回発生させれる」

もう1回発生させる事が出来るのなら、別に良いかもしれない。

若干痛いかもしれないが、もう受けられなくなるわけではないのなら問題ない。

俺と十六夜さんの会話を見守っていたレイナさんの方も見て頷く。

「分かりました。じゃあ、行きます」

「レイナ、ユウ、行こう。これなら勝てる」

「そうですね。攻撃要員が1人増えるだけで大分違いますから、行けるかもしれません」

「……すみません。毎回お荷物になってしまって……」

「全然お荷物じゃないですよ。それどころか、作ってもらっている回復薬はとても役に立ってますから主軸かもしれませんね。……そういえば、レンジさんのHPは10のままですし、ユウさんに体力回復薬を頂いたらどうですか？」

作ってもらっている回復薬？　要するに、ユウさんは回復薬を作れるという事だろうか？

そこらへんの仕組みは知らないが、凄い。

貰えるものなら貰っておきたい。

言われるまで忘れていたが、空腹値の回復は行ってもHPの回復はしていなかった。

「はい。……ユウさんお願いできますか？」

「は、はい！……HPが100回復する回復薬を10個と、MPが100回復する回復薬を10個、M

Pを1割回復させる回復薬を1個差し上げます！……手持ちを考えるとこれだけですが……」

　確か、回復薬というのは、固定回復と割合回復の2種類があった筈だ。

　ギルドで売っていた回復薬は、HP30の固定回復で、割合回復はまだ存在していなかったので、割合回復薬を作れるとなると相当凄いのではないだろうか。

　それに1割回復となると、今の俺のMPでも40も回復する。

　これからもMPは増えていくだろうから、凄いのは間違いないだろう。

「あ、あの……足りませんか？」

「割合回復のはまだいらないかな……。全部で何Gぐらい渡したほうが良い？」

　不安そうに下から覗かれていたので、慌てて返答する。

「いえいえ！　友好の証として受け取ってくれると有り難いです！」

「んー。じゃあ、2万Gぐらい、かな？」

　ギルドで売っていた回復薬の金額から単純計算をするともう少し安いが、1つ辺りの回復力が3倍以上もあるので2万でも安い方だろう。

「いやいや！　高すぎますよ⁉　全然ただで問題ないんです！」

「いや……貰うっていうのは流石に此方としては申し訳ないから、受け取ってくれないと困るんだけど」

「いや、その、ギルドで迷惑をかけてしまったのをそれでチャラにしてくれると嬉しいかなぁーって思ってたり？……すみませんなんでもないです」

ユウさんは、少し決まりが悪そうにそう言ったが、そもそも俺は気にしていない訳で、お金は受け取ってくれないと困る。

「ギルドの事は一切気にしてないから大丈夫だよ。てか、ルトさんと知り合いになれた事を考えればプラスかもしれない」

「……たとえそうであったとしても、此方としての謝罪の気持ちは受け取ってくれると有り難いです」

「んー、気にしてないんだけど……」

それから数分間押し問答をし続けた結果、1万Gで10個ずつ貰う事で折り合いがついた。

此方としては申し訳ない限りなのだが、折り合いをつけた以上1万Gを支払った。

因みに、レイナさんと十六夜さんはそんな俺等を放っておいて、いかにして10層を突破するかを話し合っていた。

「……行こう」

「はい。ユウさん、レンジさん。行きましょう」

「分かりました」

「はい！」

それから案内されるままに迷宮区へと進み、迷宮への入り口へと来た。

道中、どう連携を取るかを話し合っていたが、迷宮区へとつくまでに全てを話し終える事は出来なかった。

「それとレンジさん、悪い話と良い話が有るのですが、どちらからが良いですか？」

「……じゃあ、悪い話からお願いします」

「レンジさんはまだ迷宮をクリアしていないので10層までクリアする必要があります」

「別に悪い話とは思いませんが……」

「そうですか？　なら良かったです。因みに、良い話は10層まで行く間に連携を取る練習が出来る。という事です」

どちらも良い話のような気もするが……。

連携に関してはあまり自信がないが、ある程度は出来るだろうと考えている。

「6層からは罠が追加されますのでとてもストレスが溜まるかもしれないですけど、頑張りましょう」

「罠、ですか？」

「はい。十六夜さんが罠感知をレベル最大まで上げてくれているので十六夜さんの指示に従えば問題ないとは思いますが、正直、ストレスは溜まります」

「……面倒くさい。レンジ、1人で行ける？」

「え⁉　十六夜さん。時間省略のためにも皆で行きましょうよ」

「時間はかかるけど……そっちの方が良い。私達のレベル上げが出来る」

要するに、俺が1人で攻略している間に他3人でレベルの底上げをするという事だろう。

レイナさんの顔を見るに、何か罠に引っかかった事が有りそうだし、十六夜さんも……多分嫌そうな顔をしている。

俺は今SKPが1余っており、【闇精霊の観察対象】のお陰で、1ポイントで【罠感知】を取る事は出来る。

確かに、1人で攻略をした方が効率が良いのは確かだろう。

「えっと……レンジさんどうします？」

「1人でも別に問題ないとは思います。多少時間はかかりますが」

「レンジ、頑張れ」

「それだと……十六夜さん、ボスに挑むのは明日でも良いですか？」

十六夜さんが無言で頷くのを確認したレイナさんが此方にも目線を向けてきたので頷く。

時間を確認すると、10時。

現実では5時になっていた。

「そう……。明日のいつ？　午前は無理」

「私はいつでも行けます。もう夏休みに入っているので」

「私も多分いつでもいけます」

「俺も明日はいつでもいけます」

終業式は明々後日なので、問題ない。

レイナさんの学校はもう夏休みに入っているのか……羨《うらや》ましすぎる。

私立だった事は覚えているが、同じ私立でも俺はまだ夏休みではない事を考えると……いや、考えなくても普通に羨ましい。

「じゃあ、明日十六夜さんがinしたら行きましょうか」

「「分かりました」」

「ん」


その後、少しだけ話し合いをした後に別行動を取る事になった。

レイナさん達は9層でレベリング。

俺は9層までの攻略だ。

早速俺は迷宮へと入り、攻略を開始した。

レイナさん曰く、今の所は全部の階層で階層数＋10レベルの魔物が出てきていて、10層までは全ての敵がゴブリン系統らしい。

1層だとレベルは11。

洞窟形式なので敵を見つけるのが【気配感知】主軸にはなってしまったが、なにも苦戦する事なく倒す事ができた。


迷宮内で討伐を行いました。
▼報酬▼
称号【迷宮挑戦者】
ＳＴＰ５

SKP5
スキルレベル限界上昇チケット×1
10000G

「おぉ!?」

今までの中で1番簡単に取れそうな称号だ。

これだったら誰でも取る事が出来るだろう。

その後、洞窟内だったため少し弓は使いづらかったとはいえ、5層の中ボスエリアまではサクサクと進む事が出来た。

時々、ゴブリンマジシャンなどの少し面倒くさい敵が出てきて1撃を貰ってしまったが、HPは回復していたので半分は残っている。

1撃で半分近くも削れたと考えると大分大きいが、回復薬はまだ残っているので大丈夫だろう。

そしてようやく、俺は5層の中ボスへ挑むための扉の前まで来ていた。

そこは一応セーフティーエリアになっているようで、時間が押している事もありログアウトした。

特殊ボスの煽り

ご飯中が1番確実に話を聞いている時間なので、目の前で野菜炒めを食べている姉にお願いする。

「姉ちゃん。ご飯作るの交代制にしない？」

「言い方は？」

「お姉様、御夕飯を作るのを交代制にしていただけないでしょうか」

「だが断……らん。良いけど、そんなに面白いの？　私の友達もハマってたけど」

「普通に面白いよ。2週間後に始めてみたら？」

「なんと！」

「なんと!?」

「ここにソフトが有るのです！」

……。

……はっ？　姉が泥棒になるとかそういうのは絶対に嫌なのだが、これはもう駄目なのだろうか。

今手に入れる方法など、とてつもなく大量にお金を払ってまだ始めていない人にゆずってもらうしかないと思うのだが、多額の金を姉が払ったとは思えない。

「何を考えてるか知らないけど、その右手を止めなさい。何通報しようとしてるのよ」

「え、だって……確か、自首すれば少しは罪が軽くなった筈だし……」

「勝手に犯罪者にしないでよ。これはしっかりと友達に貰ったものなんです～」

「嘘だー。誰がくれるんだよ」

「βテストの景品として貰ったらしいのよ」

βテストの景品としてソフトが貰えるのは上位10名のみだ。

地味に尚康が10位だったりしたお陰で俺は貰う事が出来た訳だが、姉もその恩恵を受ける事が出来たとなるとどれだけの確率になるのだろうか。

「何？　信じてないの？　マイペースな子で、友達はほぼいないけど良い子なんだよ？」

「いや、友達の情報は別に要らないから」

無言の空間が生まれる。

姉の『語らせろよおい』という雰囲気と、俺の『知らんそんなの』という雰囲気。

確かに、こんな姉の友達になってくれる人と考えると気になるが……まあ、どうでも良い。

「そういう訳で始めるんだけど、アドバイスとかある？」

「んじゃ、ＡＧＩにステ振りした方が良いよ」

「分かった。ＶＩＴを上げる事にする」

「は？……まあ良いんじゃない？」

「そういう事だから、攻略手伝ってね」

……？

何を言っているのだろうか。

「やだ」

「やだってひどくない？」

「いや、俺も今遊ぶの忙しいから、野良で助けてもらって」

「……仕方ない。友達に手伝ってもらう事にするわ」

「ランカーなら迷惑かかるんじゃ？」

「今行き詰まってるって聞いてるから問題ないわよ」

なら、良いのか？

……いや、駄目だ。

行き詰まってるなら行き詰まってるでそれに応じたやる事があるはずなので、迷惑をかける事になる。

まあ、駄目なら断られるはずだから俺は関わらなくていいだろう。

「じゃ、俺ゲーム戻るから」

「はーい」

食器を洗い、自分の部屋に戻ってからゲームにログインすると、ログアウトした時と同じ場所に出てきた。

相変わらず目の前には大きな扉があり、ボス部屋の存在感を強調していた。

ユウさんに貰ったＨＰ回復薬を使用し、ＨＰが最大になった状態でドアを開ける。

レイナさんによると、ここで出てくるのはゴブリンヒーラー×1、ゴブリンマジシャン×1、ホブゴブリン×2、ゴブリン×2らしい。

そこまで凄い連携は取ってこないらしいので、慌てずにヒーラーを倒せば全然余裕と聞いている。

「よし、行くか」

扉を開けて中に入ると、勝手に扉が閉まり中心部に魔法陣が出現した。

ただ、数がおかしい。

中心に1つ、その周囲を4つ、その又周囲を8つ。

合計13個の魔法陣が発生していた。

ボスエリアが地下闘技場と言うしかないような作りだったりするのだが、それはどうでも良い。

いま1番重要なのはこの異常事態だ。

実を言うと、尚康がボスに挑む上でとても重要だと強調していたので、この異常事態の正体は知っている。

ごく稀に発生するボスの変化は、難易度が桁違いに上がり、クリアした人には必ず称号が与えられる。

又、それを発生させるためには、そのフィールドをクリアしていないか、パーティーの平均レベルが適正レベル以下である必要が有るらしい。

今重要なのは、〝難易度が上がる〟という事だ。

場合によっては死ぬ事になってしまうが、それは嫌だ。

「「「グギャギャギャ」」」

魔法陣の中から中央にはゴブリンジェネラル、その周囲にゴブリンナイト、その周囲に様々なゴブリンの変異種が発生し、雄叫びを上げる。

「ゴガアアァァァ!!」

その後のゴブリンジェネラルの咆哮に周囲のゴブリンは奮い立ち、俺の視界には『威圧のレジストに成功しました』と表示された。

周囲のゴブリンは、ゴブリンマジシャン×2、ゴブリンシーフ×1、ゴブリンアーチャー×3、ゴブリンヒーラー×1、ゴブリン×1。

すぐに動き出した7体のゴブリンを一先ずはおいておき、動かない4体のナイト、1体のジェネラルの後ろへと隠れたヒーラーへ1撃をお見舞いした。

「ギュグギャ」

【ダブルショット】を撃ち、反対側からポリゴンのエフェクトが出た事を確認してから順次他の7体も倒していく。

1分もかけずに全てのゴブリンを【ダブルショット】1撃で倒したタイミングで、ようやく不動を貫いていたナイト達が動き始めた。

まずは、4体同時の咆哮。

視界内に表示される『威圧のレジストに成功しました』という文字は無視してナイト達の行動を見ていると、80cm程の木で出来た盾を片手に、背中に装備していた大剣を前へと振り下ろし、左右に分かれて2体1組で此方へと前進してきた。

闘技場の大きさは直系50m。

20m程離れているとはいえ、このままだと壁に追いやられ包囲されてしまうので、慌ててライを召喚し、右側へと動き出す。

「ライ、少し風で乱して！」

その瞬間、強風とまでは言わないものの、ある程度の強い風が俺には追い風として、盾を構えたナイト達には向かい風として発生した。

その風を盾でもろに受けた2体のナイトは後ろへと数歩後退し、その隙に横を抜ける事に成功した。

「……眠そうなのに凄いな。じゃあ、風に矢を乗せてくれ」

ライが眼を擦りながらでは有るが、頷いたのを確認し、矢を射る。

「【ダブルショット】【クイック】【チェイサー】」

「グゴガギュ!!」

矢は、盾を構えた2体のナイトの横を通り過ぎるかと思った瞬間に曲がり、横から突き刺さった。

「よしっ！」

【弓術】を取った時から考えていた事があった。

『命中率を上げる』というのはどういう意味なのか。

最初に考えた時は、文字通りそのままの意味で捉えていたがそんな訳がない事は分かりきっていた。それならば【遠距離物理】が不遇と言われる訳がないし、バランスも崩壊する。

最終的に至った結論は……命中率分、曲がる。

今までの経験則1度しか曲がらないので、動かれると曲げて当てる事は出来なくなるが、今回のようにその場にとどまっていた場合、曲げて横から当てる事が出来る。

「グギュゴガ⁉」

ボスではないのでHPバーを見る事は出来ないが、驚いた様子で慌てて隣のナイトと入れ替わった事を見るに、ある程度のダメージを与える事が出来ているのだろう。

「ゴガアアァァァァ‼」

そして再び、闘技場内にジェネラルの声が響き渡った。

唐突なジェネラルの雄叫びが聞こえ、そちらに目を向けると……。

魔法陣が8個発生し、ゴブリンマジシャン×1、ゴブリンシーフ×1、ゴブリンアーチャー×2、ゴブリンヒーラー×3、ゴブリン×1が発生し、ヒーラー達がすぐにナイト達の受けたダメージを回復した。

「はっ？」

ツインヘッドベア以上の無理ゲーの気配。

つい動きを止めてしまったタイミングで、マジシャンとアーチャーの攻撃をくらってしまった。

合わせてくらったダメージは83。

残りHPは17となり、動きの阻害とならないように矢を引き抜いた所、さらに9ダメージうけ、残りHPは8となった。

「いやいやいや、おかしいでしょ。もしかしてジェネラル倒さないと永遠に発生する感じ？」

慌ててジェネラルに攻撃をしてみるが、見えない壁に阻まれダメージが与えられた様子がない。

代わりと言っては何だが、ジェネラルは咆哮を上げてゴブリン達を召喚した後は一切動かずに再びその場で剣を地面に突きつけていた。

だが、それが分かった所で何の解決にもならない。

1番可能性が高そうなのはナイト4体を倒せば攻撃が入るようになる、というものだが、ナイトも倒せる気がしなかった。

一先ず、もう召喚されない事を願い、奥にいるナイト2体の後ろに隠れたヒーラーを曲がる矢で射殺し、ジェネラルの後ろに隠れているヒーラーも射殺した。

が……。

「お前ら邪魔……」

1番近くにいるナイト2体の後ろに隠れたヒーラーを倒すよりも前に、マジシャン、アーチャーですらも近づいてきて俺の行動を妨害してきた。

仕方がないので、ヒーラーに回復されるよりも先に1撃で射殺し、全てを片付ける。

1度だけアーチャーの体を貫いた矢がマジシャンを射殺すという、ミラクルショットが発生したが……これもライのお陰だと考えると、精霊の強さを思い知らされる。

「「ギュガゴギャ!!」」

５体のゴブリンを瞬殺したのを見てか、ナイト２体は特攻を仕掛けてきたが……。

「おっ？　【ダブルショット】【クイック】【チェイサー】」

そんなナイト達の頭上を越えてヒーラーに突き刺さる２本の矢。

恐らく、レイナさんは曲がる事を把握していなかったのだろう。

【弓術】を取っていなかったレイナさんの事を考えると普通にそれが有りえる。

でないと、あの面子で負ける理由が思いつかない。

挑発し、前へと誘い込むだけで頭上から矢を通す事が出来る。

……もしかしたらライの効果も大きいのかもしれないが、そこはまあ良いだろう。

「ギュガァァァアアアア!!」

少し笑みを零してしまったのを挑発と受け取ったのか、怒りに我を忘れた２体のナイトに、後方にいた２体のナイトも突っ込んできた。

これならば普通に勝つ事が出来そうだ、と考えていたのだが。

「ゴガアアアァァァァ!!」

「は？」

再び雄叫びを上げたジェネラルの方を見ると案の定８体のゴブリン達が発生した。

「……」

今回はヒーラーが１体だけだったので、追いかけてくるナイトから逃げながら、順次１分もかける事なく、倒す事が出来た。

ただ、多少は与えていたダメージを回復されてしまったのは苛つくものがある。

因みに、ＨＰは回復していない。今のＡＧＩがあれば問題なく躱せるし、火精霊のクエストを進められるのでは？　と考えたのだ。

それから、数度程召喚されたのだが、気付いてしまった。

「……駄目だ。これ作業だ」

定期的に召喚される魔法陣の上は、ライに全面的に協力してもらった事で大量の矢が飛び交っている。

定期的に補充する必要があるとは言え、これで新しく召喚されるゴブリンの事は気にしなくて良くなった。

だが、何か縛りプレイをしなくては火精霊のクエストをクリアする事は出来ないだろう。

召喚６回目からは16体へと変わったが、やる事は変わらない。

囲まれかけた場合にライに協力してもらって大ジャンプなどはしたが、それぐらいだ。

相変わらずナイトを倒す事は出来ていないし、10分毎に召喚されるヒーラーが死ぬ寸前に回復してしまう。

「縛りプレイとか無理だしな……」

逆手でやると確実に負けるだろう。

だからといってライの協力をなくしてしまえばゴブリンは増え続ける。

それから数十分。

何も案が思いつかなかったのだが、状況に変化が訪れた。

ジェネラルの咆哮でナイト達が動きを止めたのだ。

その咆哮は最初のを合わせて10回目。

何かあるかもしれないとは思ったが、動きが止まるとは思わなかった。

そして……ゴブリンが出現する代わりに、ナイト達が地面に剣を突き刺し、

「グガアアアァァァァァ！！！！！」

2度目の咆哮と共に4体のナイトの下に魔法陣が発生し、ナイト達が消滅した。

「は？」

「ゴガアアァァァァ！！！」

視界に表示された『威圧のレジストに失敗しました』という文字。

そして、目の前で赤い魔法陣の上に立ち、姿を変えていくゴブリンジェネラル。

元々は1つの長剣しか持っていなかったのが、魔法陣から新しく召喚された事で2つに変わり、見た目も1回り大きくなって何よりも赤いオーラを放ち、第3の禍々しい角が現れた。

「ガアアアァァァ!!」

正直、見た目が変わったとはいえ、この層の元のレベルは15だ。

先程より楽になったようにしか思えなかった……が、すぐにその認識は改めなくてはいけなくなった。

「ッッ」

とてつもない速度で俺の前へと現れたジェネラルは俺の弓を切り捨てたのだ。

「あぶなっ⁉【精霊魔法：風】【風精霊の加護】」

流石にそんな相手に対して舐めプは出来ないので、HP回復薬、MP回復薬をすぐに使った。

「ゴガァアア‼」

初期装備である弓を使い、ジェネラルへの攻撃を開始する。

ジェネラルの速度は通常時の俺よりも少し早く、ライを召喚した俺よりも少し遅いぐらいだろうか？

不規則なジグザグ運動をしながら近づいてくるジェネラル。

勿論、端に追い詰められない様に離れすぎず、近づかれすぎずを保つのだが……。

「ゴガァ？……グギャギャガ‼」

急に立ち止まったゴブリンは少し立ち止まると、中央部に移動し笑いだした。

「ガァァアアア！！！」

周囲に生成されたのは沢山の石の塊。

それらが空中を漂い……ジェネラルはそれを俺の周囲へと飛ばしながら全力疾走で近づいてきた。

「‼」

近づかれる訳にはいかないので、横へと躱す……が、ジャンプされた時の事も考慮していたのか空中にも大量の石が飛ばされてきており、弓が弾き飛ばされてダメージをくらってしまった。

「ギャギャギャギャ……ガァアア‼」

立ち止まってくれたのでHP回復薬とMP回復薬を使用し、固定ダメージの弓で攻撃するが、一切歯牙にかけずジェネラルは地面に有る初期装備の弓を叩き斬った。

「……耐久値なかったはずだけど」

2度もそういう事をされれば否応なく理解する。

「遊んでるのか」

固定ダメージの弓ではどうせ大した効果は見込めない。

ナオに貰った弓を仕舞い、予備用に取っておいた弓術士の弓を取り出し、4本の矢をストレージから手動で取り出す。

「ガァ?」

そんな俺を見てか首を傾げているジェネラルを無視し、ライに語りかける。

「ライ、全力でアシストをお願い。特に矢の軌道修正を本気でお願い。MP消費は気にしなくて良いよ」

ライが寝っ転がっている状態から起き上がり、目を擦りながらではあるものの手をグーにして上に掲げたのを確認してから、ジェネラルに向き直って言ってやる。

「死ねや雑魚。煽り方が低次元」

「ゴガァァアアアアア!!!!!」

元が15レベルの敵だ。

強くなる量も大体はたかが知れているだろうと考えた俺は……。

「【ダブルショット】【チェイサー】」

【ダブルショット】。それは矢1本毎に1つの矢を後追いで発生させるスキル。

だから2本の矢を同時に射れば……4本となる。

それを2回に【弓術】のスキルで取り出した矢を使った1回。

計10本の矢が5秒以内にジェネラルに向けて飛び出した。

全ての矢には【チェイサー】の効果が付与され、ライによって全力で軌道修正されている。

ツインヘッドベアの時の経験から、2つの長剣だけでは薙ぎ払えないように、ある程度の角度差、時間差を付けながら矢はジェネラルへと向かっていく。

「ガァァアァ!?」

「【チェイスアロー】、とでも言っておくか？　まあ、躱したな？」

そんな10本の矢を見たジェネラルの取った選択肢は躱す事。

だが、そんなもの愚策でしかない。

追加される10本の矢にライの力によって追い続ける大量の矢の群れ。

「さぁ……何本までいける？」

フロアボスを倒しました。

▼ドロップ▼

ゴブリンの肉×110
ゴブリンの手斧×1
ゴブリンの魔石×1
ゴブリンナイトの剣×1
ゴブリンジェネラルの肉×1
ゴブリンジェネラルの長剣×1
12000G
レベルが上がりました。
レベルが上がりました。
職業レベルが上がりました。
職業レベルが上がりました。
職業レベルが上がりました。
▼MVP報酬▼
ゴブリンの肉×15
ゴブリンジェネラルの剣×1
5000G

特殊ボスを討伐しました。
▼報酬▼
称号【討伐者（第3の街迷宮5層特殊）】
STP5
SKP5
スキルレベル限界上昇チケット×1
10000G

特殊クエストのクリア条件を満たしました。
『火精霊の関心』
▼報酬▼
称号【火精霊の加護】
スキル【精霊視】
スキル【精霊召喚：火】
スキル【精霊魔法：火】
STP5
SKP5

スキルレベル限界上昇チケット×1
1000G

職業レベルが一定に到達しました。
弓士の変化が可能です。
・弓術士
・狙撃士
・連撃士
第2職業が選択可能です。
新たな選択可能職業が増えました。
・弓術士
・狙撃士
・連撃士

特定条件達成により、
称号【中級職の先駆者】

を獲得しました。
▼報酬▼
STP5
SKP5
スキルレベル限界上昇チケット×1
10000G

特定条件達成により、
称号【第2職業の先駆者】
を獲得しました。
▼報酬▼
STP5
SKP5
スキルレベル限界上昇チケット×1
10000G

特定条件達成により、
称号【スキルコレクター】を獲得しました。
▼報酬▼
STP5
SKP5
スキルレベル限界上昇チケット×1
1000G

「ライ、ありがと」

〝彼〟の戦闘スタイルはその圧倒的な連射能力と精霊達の力によって成り立っていた……らしい。

実際の所、精霊達の力を見た事はなくプロフィールに書かれていただけなのだが、ライに協力してもらっている今、少しずつではあるが〝彼〟に近づいているだろう。

それにしても。

「また何かインフレ起こしてるし……」

これで俺の称号数は20、1位の人の称号数は22だ。

まだまだ追いつけそうにないが、だいぶ近づいただろう。

取り敢えず、弓士からは連撃士に変化させた。

弓術士は通常のルート。

狙撃士はDEXが100以上必要で、連撃士はAGIが100以上必要らしい。

名前で分かる通り、弓術士は全体的に、狙撃士は命中率、連撃士は連射速度に対して補正がかかるらしく、俺の中では連撃士一択だった。

又、第2職業に関しても【風精霊の加護】で選択可能となった精霊術士一択だった。

それを見るまでは剣士などを取ってみるのも有りと考えていたのだが……それを見てしまった以上、選択肢はなくなった。

そして、STP、SKPに関してだが、MPとAGIとINTに3分割し、【罠感知】をレベルマックスにして、【連射】と【衝撃】、【弓技】のレベルを1ずつ上げた。

今の俺のステータスはこんな感じだ。

名前：レンジ
種族：エルフ
レベル：30
方向性：【遠距離物理】
職業：連撃士Lv．25／精霊術士Lv．1

ＨＰ：１００／１００
ＭＰ：６００／６００
ＳＴＲ：55＋３
ＶＩＴ：０＋９
ＡＧＬ：２１５＋３
ＩＮＴ：90
ＤＥＸ：１００＋３
【スキル】
【望遠Ｌｖ．２】【目測Ｌｖ．２】【弓術Ｌｖ．５】
【弓技Ｌｖ．５】【射撃Ｌｖ．Ｍａｘ】【回収Ｌｖ．Ｍａｘ】
【ＡＧＬ上昇Ｌｖ．１】【ＤＥＸ上昇Ｌｖ．１】
【視力上昇Ｌｖ．Ｍａｘ】【隠密Ｌｖ．Ｍａｘ】
【連射Ｌｖ．４】【衝撃Ｌｖ．４】【暗視Ｌｖ．３】
【気配感知Ｌｖ．８】【体術Ｌｖ．２】【体技Ｌｖ．１】
【歩術Ｌｖ．３】【歩技Ｌｖ．３】【ＳＴＲ強化Ｌｖ．１】
【精霊視Ｌｖ．２】【精霊召喚：風Ｌｖ．１】
【精霊魔法：風Ｌｖ．１】【罠感知Ｌｖ．Ｍａｘ】
【精霊召喚：火Ｌｖ．１】【精霊魔法：火Ｌｖ．１】

【称号】

【初討伐者（始まりの街南部草原）】【初討伐者（始まりの街南部草原ボス）】【始まりの街南部の覇者（草原）】【一般スキルの先駆者】【初討伐者（深淵の森表層）】【殲滅者（グラスラビット）】【初討伐者（深淵の森表層）】【深淵の森表層の覇者】【闇精霊の観察対象】【火精霊の観察対象】【称号コレクター】【初討伐者（深淵の森中層）】【風精霊の観察対象】【風精霊の加護】【迷宮挑戦者】【討伐者（第3の街迷宮5層特殊）】【火精霊の加護】【中級職の先駆者】【第2職業の先駆者】【スキルコレクター】


因みに闇精霊のクエストを確認した所、2種類以上倒すというのが達成出来ていた為、ジェネラルのレベルが28を超えていた事が分かった。

「疲れたな」

今の現実の時間は9時前と言ったところだ。

それだったらまだ眠る必要がない為、迷宮の攻略を続ける事にした……かったのだが、弓がないので一度ギルドへと戻り、弓の予備と矢を買い足してから再開する事になった。

一度外に出て買い物をしてから戻ってくれば冷静さを取り戻す。

先程の戦闘でジェネラルに指をたてたり『さあ……』などと言ったりと、レイナさん達の前でやったら心が折れそうな事を無意識で連発してしまっていた。

10層でパーティを組む際は絶対にそこは気をつけなくてはいけないだろう。

そんな事を考えながら6層以降の攻略を開始したが、ただ単純に罠がストレスを与えてくる。
6、7層を攻略するのに1時間程かかった為、8、9層の攻略は明日に回す事にした。
因みにその間ずっとライを召喚し続けたおかげか、精霊術士のレベルは3まで上がっていた。

「どうしようか……今は9時半ぐらい？」

落ちても良いのだが、罠で溜まったストレスを発散したい。

取り敢えず爽快感が欲しかったので、討伐の音声が大量に流れるであろう事。

深淵の森中層で闇精霊のクエストを達成すると共にレベルアップを大量にする事にした。

ライを使って20分程で第3の街から直接中層まで移動した俺は、速攻で隠密と気配感知を発動させる。
6、7層の攻略時のレベルアップで溜まったポイントは気配感知のレベル上げとＩＮＴの強化に使い、ある程度は準備万端な状態にして中層で敵を探し始めた。
「……やっぱここ意味わからんな」

一番最初に見つけたのは、2つの頭を持った狼の群れに蹂躙されているツインヘッドベアの群れだ。

どうやら狼もツインヘッドウルフという名前らしいが、移動速度などを考えるとツインヘッドベアよりも凶悪に思えた。

「取り敢えず、ここを原点にするか……」

それから、表層でやった事と同じ事を始めた。

注意しなくてはいけない点は、50m程の距離だと巻き添えを食らう事、隠密を発動してても上手くやらないと気づかれる事、アサシンスネイクという存在に背後を取られない事だ。

この中で最も重要なのは、アサシンスネイクに背後を取られない事。

あいつはヤバすぎる。

多分、このフィールド内で最強だろう。【気配感知Lv．9】を持ってしても、偶に見逃すような隠密性能。

ツインヘッドウルフを一噛みで殺す事が出来るような攻撃力。

その分俺の1撃で倒せるような紙装甲だが、背後を取られるというのは死を意味する。

なるべく生き残れる確率を上げる為にもライを召喚し続けているため、10秒で3MP取られる。

MP回復薬がなくても30分は耐えられるのだが、前回の事を考えるとMP回復薬は結構使ってしまうので予め99個は買ってきている。

最終的に1時間程かけて、散らす事まで終わらせた。

その間にレベルは5、職業Lvは合わせて4上がった。

そして、闇精霊のクエストを終わらせる事が出来た。

これで死んでは駄目縛りが消えた。

日数的にはそこまで長くはないが、濃かったのでとても長く感じられる。

因みに、闇精霊はMPの最大値を1割増やすらしい。

ただのぶっ壊れだ。

クエストのクリア条件が厳しいのもうなずける。

火はSTRを1割だが、使う機会がなかった為未だに召喚していない。

レベルアップ音は素晴らしかったが、どちらかと言うと疲労とストレスの方が溜まってしまったので、第3の街に戻ってログアウトして眠る事にした。

精霊の集い

朝起きてすぐに朝ごはんを作るのに取り掛かり、速攻で終わらせてすぐにその他の事も終わらせてログインした。

今の時間は朝8時。

人は思っていたよりも多かったが、用がある迷宮の入り口にはほぼ誰もいなかった。

「よし。行くか」

下級闇精霊の名前を決めてください
『　　　　』

これに関しては元から決めている。

恐らく、このゲームで最初に召喚したであろう事を記念して。

「【精霊召喚：闇】『ヤミ』」

前回同様現れていた立方体の黒い魔法陣。

俺の発声と共に文字が刻まれた魔法陣は圧縮されていき、完全な黒……いや、完全な闇で出来た卵のような物が形作られた。

完全な卵型をしたそれは……暗く、どのような見た目なのかを輪郭《りんかく》でしか判別出来なかったが、一筋の光が入り……裂けた。

「……寝てるのって義務？」

現れたのは、全体的に黒く、髪などが引き込まれそうになる黒色をした和風幼女だった。

ヤミはうつ伏せの状態で腕に顎を乗せて寝ており空中に浮かんでいるため、下から覗く事が出来た。

「あ、こんにちは？」

しゃがみながら顔を覗いていると、視線に気付いたのかヤミは目を開けた……後に俺の挨拶を華麗にスルーし、多分だが俺の頭へとへばり付いた。

「……【精霊召喚：風】『ライ』ライ、昨日ぶ……ライ？」

ヤミの相手をしてくれる事を期待してライを召喚したが、ライは召喚された瞬間に俺の頭に顔を向け……頭へと移動した為、見えなくなった。

「……もしかして火精霊もそんな感じだったりする？」

十六夜さんが召喚していたフウもそんな感じなのだろうか？

少し怖くはあるものの、気になったので召喚する。

下級火精霊の名前を決めてください
『　　　　』

火精霊に関しては初めてかは分からないが、火のキャラといったらこれというのが俺の中では決まっている為、その名前にする。

「【精霊召喚：火】『ファイ』」

今回も現れていた魔法陣は、文字が刻まれるとともに崩れ、火で燃えている蕾のような物が出来上がった。

そして、その蕾が開く……よりも前に手が突き出て、全体的に赤い活発そうな女の子が現れた。

「いや、シーンは待とうよ」

空を飛び回っているファイは、俺の頭の上にいるであろう2人を見つけたのか俺の頭上へと移動

し……。

「ファイ—？　俺の頭なんかチリチリ言ってる気が……ねぇファイ⁉」

慌ててHPを確認するが、一切減っていないので気の所為だ……ろう。

現実より先にゲームで禿《は》げるとか嫌だよ？　ファイそこらへん……まじで頼む。

「なんで火の粉見えたの今……」

これ以上気にするのは精神が危ないので、【気配感知】【罠感知】を常時オンにして迷宮へと入る。

10秒で5MP取られるが、今の俺のMPはヤミの効果と合わせて1100ある。40分以上耐えられるので、きっとMP回復薬を使う事なく8、9層の攻略は終わるだろう。

30分程で攻略を終わらせる事が出来た。

罠がウザく、早く攻略をしたいという気持ちも大きかったが……圧倒的に火の粉による焦りのほうが多かったのは間違いないだろう。

「これがボス部屋」

そして今。

俺は10層のボス部屋の前に居た。

まあ、負けると分かっているような戦闘には挑みたくないので挑むわけがない。

「よし。目標は達成したし別の事をするか」

ボス部屋まで来たので、すぐに迷宮から出てガラス張りのお店の前で自分の髪を確認した。

「よ、良かった……」

1番最初に見えたのが、ライとヤミを引っ張るファイとそれに抵抗している2人。

そして次に見えたのは、そこに小さな火の玉をぶつけようとして風に弾かれ、闇に吸収されているファイの姿だった。

俺の髪は守られていた。

髪の安全が確認されたので、ギルドへの移動を開始する。

取り敢えず何度か買い足してはいたが、矢の量が不安なので1000本大人買いし、MP回復薬も99個買った。

クエスト達成用に深淵の森中層のアイテムを売っていた為、それでもまだGは余っていた。

……もしかしなくてもこれはプレイヤーに売った方が良かったのではないだろうか？

今からでも売りつけに行くというのは有りかも知れないが相手が……ルトさん？

ナオがインしているのは確認した為、電話をかける。

『はい、ナオです』

「あ、もしもし。レンジです」

『あ、レンジか。で、何？　今洞窟を攻略中なんだけど』

「ルトさんに会える？　てか、ナオお前レベルいくつだよ」

『まだ25だよ。で、ルトさんと会いたきゃ第2の街のクランホームに行け』

ルトさんの居場所が分かったのは良かった。

……それにしてもレベルが低くないか。

「分かったありがと。…てか、お前レベル低いなランカー」

『喧《やかま》しいわ。こちとらクラン員全員がバランスよく育ってるんだよ』

「……そ。まああ りがと。ルトさんに会いに行きますって伝えてくれない？　要件は金をくれそう、又は装備を作ってくれる人を探してますって事で」

『お前贅沢なランカーの使い方してんな……まあ伝えとくわ』

「ありがと。じゃあばいばい」

『んじゃ』

よし。

確かに贅沢な使い方をしている気はするが、フレンドの中だとナオ以外は無理そう……いや、十六夜さんの着物を作った人は行けるかもしれないが、十六夜さんはログインしていないので仕方がない。

トップクランのマスターだからきっと人脈は広いだろう。

後はルトさんが知らない情報でも渡せば、きっと教えてくれる。

第2の街に行けば良いというのは分かったので、アイテムをギルドから取り出し、移動を開始した。

途中で変な顔をしたナオと擦れ違ったような気がしないでもないが、まあ良いだろう。

第2の街のナオに教えてもらった場所に移動すると、ギルドに勝るとも劣らないクランハウスを見つけた。

「あー、よし。入るか」

入って1番最初に見えたのが美人な受付嬢さん。

プレイヤーのネーム表示がないからNPCなのだろう。

不審者を見る目で見てくるプレイヤーに話しかけるべきなのか、受付嬢さんに話しかけるべきなのか……。

俺がそうやって悩んでいると、階段をルトさんが下ってきた。

「レンジ君よく来てくれたね。クランに入る気になったのかな？」

「いえ、そういうわけではないのですが、腕の良い生産プレイヤーでも紹介してもらおうと思いまして」

「……タダで？」

「無理ですか？」

「あはは……タダはちょっとねー。何か交換でくれるものないの？　情報とか、君の身柄とか……他にも君の身柄っていうのもあるよ？」

2個目と3個目が同じなのはボケか何かなのだろう。

あまり面白くなかったので聞き流し、会話を続ける。

「情報ですか？　ルトさんの期待する情報が出せるかは分かりませんが、腕の良い生産プレイヤーを紹介してくれるなら」

「おー。紹介するよ。是非とも吐き出す又は僕のクランへ」

「ありがとうございます」

「いやー嬉しいね？　トッププレイヤーに情報を吐き出してもらえるなんて」

「トッププレイヤー？」

確か俺はレベルは1位かもしれないが、称号数は2位だった筈だ。

……トッププレイヤーだな。

「いや、誤魔化さなくていいよ？　3位ですら称号数は5。それに対しての20超えは隠したくなるのは分かるけどね～」

「俺は気ままにのんびりやりたいようにやってるだけです」

「んー……まあ、良いか。取り敢えずクランマスターの部屋へ移動しよう。そこに生産プレイヤーもいるし」

「分かりました」

生産プレイヤーは紹介してもらえるとの事なので、階段を登り始めたルトさんについていく。

称号数が20を越えているのが知られているのは……なんでだろうな。

ルトさんに続いて部屋に入ると、3人の人が居た。

恐らく人間とドワーフ、猫人族だろう。

因みに、猫人族だけ女の子だ。

猫耳は有りかもしれ……火の粉の量やば。

「連れてきたよ。この人がレンジ君。皆レンジ君に自己紹介して」

「私は情報クラン【Recorder】のクランマスターをしているスイというものです」

「俺は【瞬光】所属の鍛冶士、ダンシンだ」

「私はフリーの裁縫士で、楓だよ」

「で、僕は【瞬光】のクランマスター、ルトだ。ほら、次は君の番だよ」

……火の粉……流石に今の量は……。

あ、

「フリーで【遠距離物理】のレンジです。【瞬光】に入る気は有りません」

「そんな事言わずに入ろうよ」

「いや、俺はガチ勢じゃないんで」

「いや、称号数が20を越えてて何を言ってるんだい……」

確かに集めているのは否定しないが、気づいたら溜まっていただけなので、俺はガチ勢ではない。

「で、君はどんな情報を吐いてくれるのかな？　レンジ君」

「何が欲しいですか？」

「全部」

「無理」

「即答かー。じゃあ、何処かの普通の人は知らないような攻略情報を1つ。それで良いよ、取り敢えずは」

『取り敢えずは』と言われたタイミングで俺の頭上へと目線が向けられた。

俺の頭上には何……これ、見えてるの？

どのような絵面になっているのだろうか。

頭から火の粉が出続ける男とか言うのはマジで止めてほしい。

「もう十分では？」

「……まあ、そうかもね。でも、教えてくれればその分お金をあげるよ？」

「おぉー。じゃあ、１つ目。特殊ボスと当たりました」

「「「おぉ！」」」

「場所は第3の街迷宮5層の中ボスです。元々はゴブリンヒーラー×1、ゴブリンマジシャン×1、ホブゴブリン×2、ゴブリン×2ですが、変化後はゴブリンジェネラル×1、ゴブリンナイト×4、それと10分毎に8体のゴブリンの変異体が発生しました。6回目の召喚からは16体。10回目で召喚されなくなりました。まあ、そんな感じでした」

説明するのが面倒くさくなったので、最期の方は省いたが、きっと許してくれるだろう。

「よく勝てたね？　パーティーメンバーは？」

「ソロです」

「「ソロ!?」」

「基本俺はソロなので」

「じゃあ……君がレベル35で称号数は23なのかな？」

「いや、違います。俺の称号数は21ですね。１位の人が誰かは知りませんが本当に凄いですよね」

「じゃあ十六夜が23個か」

「ん？」

なんか知っている名前が出たような……。

十六夜さん？　あの人実は凄い人だったのか？

確かに、精霊召喚とか教えてもらったけれども、そこまで凄い人だとは思わなかった。

「ん？　十六夜を知ってるのかい？」

「いや、知ってるも何も今一緒にパーティー組んでる人ですから」

「何その贅沢パーティー……他は？」

「レイナさんとユウさんですね」

「ユウさんが誰かは知らないけど、レイナさんも称号数5個の人じゃない？　本当に贅沢パーティーだね」

レイナさん、いやあの人は称号数よりもリアルスキルのほうがやばい人です。

まじで称号数とかに囚われずにPSを見てほしい。

語彙力が終わるぐらいあれマジでやばいから。

「まあ良いか。僕としてはツインヘッドベアの攻略法を知りたいんだよね。教えてくれる？」

「MPが枯渇するまで風の刃を避け続け、枯渇したら遠くから矢を当て続けます」

「……参考にならないんだけど」

「実際にそれで倒せますからね……」

参考にならないのは俺も分かっている。

だが、十六夜さんや今のレイナさんならば同じ要領で倒す事が出来るだろう。

「因みに、次の層がどんな感じかは……」

「ツインヘッドベアが嬲《なぶ》り殺されてましたね……」

「「「……」」」

「……そこの敵のドロップアイテムをなにか持ってないかな？　ダンシンに鑑定してもらえばレベルが分かるから」

言われるがままにボスであったツインヘッドベアと嬲り殺されてたツインヘッドベアの両方を出す。

「片方は35で……もう片方……」

「もう片方が？」

「……56だ」

「「「……」」」

そんなに高かったのかあのツインヘッドベア。

蜘蛛に殺されかけてたんだけど。

「よく倒せたね……」

「どうも。で、深淵の森中層の素材で装備を作ってほしいんです」

「俺には荷が重い……」

「私もちょっと……」

「流石にそれはきついと思うよ。この素材も貴重な1品だろうし」

……1番数が有り、あのフィールドで1番弱かったのがツインヘッドベアだった。

それに、俺が使ってほしいのはアサシンスネイクの皮だ。

皮を使うとなると。

「な、なに？　私の顔になにかついてる？」

「皮に余裕は有るので、アサシンスネイクの皮で作ってくれませんか？」

「よ、余裕有るの⁉」

「はい。3桁はいってます」

「「「……」」」

「……レンジ君」

無言で俺の肩に手を添えるルトさん。

その顔は慈愛に満ちている様に見え――、

「クラン。入ら」

「で、作ってもらえるんですか？」

たのは気の所為だったので話を戻す。

「レンジさん。私のクランから専属の裁縫士を紹介しましょう」

「本当ですか？」

「はい。代わりと言ってはなんですが、情報を少し頂けると」

「……あまり渡すような情報はないのですが」

「いや、そんな事はないはずです。貴方の称号の内、半分は推測がつきますが、もう半分は全く分からないんです。いえ、少しは推測は出来ていますが、教えても良さそうであれば教えてもらえませんか？」

称号の半分も推測出来るってどういう事だよ……。

大体10個分。

どの称号が推測がつくのだろうか。

「【水獣の興味】って知ってるか」

「？」

その時、急にダンシンさんが言葉を発した。

「……心当たりは……まあ普通にありそうだな。因みに、今のは特殊クエストの名前だ。今日俺等4人はそれについて話し合っていた。分かるのならば教えてほしいんだが……」

『興味』と言っていたので【精霊の興味】関連のやつだろう。

【水精霊の興味】を発生させる条件が分かるかもしれないから、詳しく聞きたい所ではあるが……タダでくれそうにはない。

「……。一応、その情報に関してはお教えいたします。ダンシンさん、それでよろしいでしょうか？」

「良いぞ。クエストに関しては俺が説明しよう」

「分かりました」

「ああ」

「レンジさん。我々も【水獣の興味】についてお教えいたします。ですので……」

『語るよな？』という目線は無視し、言って問題ない情報について考える。

精霊関連を抜くと……あまりないな。

「中級職ってどうですか？」

「それはβ時からありましたね。私が知っている限り、上級、超級、神級というのも有るはずです」

「……じゃあ、第2職業」

「それもβ時から……」

「誰でも取れる称号」

「詳しく聞かせてもらえますか？」

「【称号コレクター】【スキルコレクター】【迷宮挑戦者】」

本当に誰でも取る事が出来る称号を言っていく。

【殲滅者（グラスラビット）】はナオに教えてもらったものだから言う必要はないだろう。

「……1つ目と2つ目は聞いた事がないね。一応想像はつくけど……何個でかを教えてくれないかな？」

「称号は10個、スキルは25個ですね」

「多いですね……他の情報は？」

「ないですね」

「そうですか。では【水獣の興味】ですが……」

「まあ、【水獣の興味】を発生させたのは俺だから俺が説明しよう」

「お願いします」

ダンシンさん……となると鍛冶関連、生産関連だろうか？

「【水獣の興味】だが、発生条件は素材のレア度以上で★5以上のアイテムを自力で作り出す事だった。で、クリア条件も★5といった所だ。運良く★5のアイテムを作り出せただけだから、到底もう一度★5のアイテムを作る出す事は出来ないと思う」

「へぇ……」

水はアイテム作成系なのか…。

どうせなら精霊をコンプリートしたいので、何かアイテム作成系のスキルも取っておこう。

理想は弓……だろうか？

木工だったら【風精霊の加護】で適正が上がっているから後で取ってみよう。

ただ、素材のレア度以上となると、木工などを何レベルまであげる必要があるのかが不安ではある。

「まあ、そんな所だな」

「因みに、情報提供でのGですが、【称号コレクター】が1万G、【スキルコレクター】が100万G、特殊ボスの変化の具体例で10万G、深淵の森中層の情報は【水獣の興味】で打ち消しとさせてもらいますが、深淵の森表層の具体的な攻略方法で10万G、その他色々と含めて150万Gでどうですか？」

「ん？」

「駄目でしょうか？」

スキルコレクターの異様さ、全体的な金額の高さに驚きが隠せず、声に出てしまった。

「いや、【スキルコレクター】が……」

「じゃあ、150万で合わせて200万でどうでしょう？」

増えた？

「あ、はいもうそれでいいです……。因みに何故その金額に？」

「誰でも取れる、取得難易度がそこまで高くない、色んなスキルを取ろうとしてるけど踏みとどまってる人の後押しが出来る。そこらへんを考えると、1人辺り8000Gは取れるので。何だったら15000Gぐらいまで上げても良いという意味でそれの百人分で150万Gです。予想以上に売れたようでしたら追加でも払いますよ」

「ありがとうございます」

思っていたよりも儲ける事が出来た。

後は、素材を売りたいのだが……アサシンスネイクの皮だけでいいだろう。

毒袋とか貰っても困るだけだろうし。

「このアサシンスネイクの皮で隠密性能のある装備を作ってくれませんか？　失敗していいので。もしくは買い取ってください」

「……作るのは厳しいし、買い取りもね……適正価格が分からない。1個1万Gとかで良いなら全然買い取るわよ？」

「あ、じゃあそれでお願いします」

買い取ると言ってくれたのは楓さんだ。

「因みに何個買いますか？」

「全部」

「分かっ!? 全部ですか!? 皆さん金持ちなんですね……」

「まあ、そりゃプレイヤー達に装備を売り払いまくってるからね。十六夜とかも偶に来るわよ。あとちょっとした課金」

「へー……着物作れるんですね！」

着物を作れる事が分かったので、否応なく期待値が高まっていく。

楓さんとフレンド登録をしてトレードした事で一瞬で所持金が３００万Ｇを超えた。

ＭＰ回復薬を買い漁り、ずっと深淵の森中層で乱獲し続けるのは良いかもしれない。

「じゃあ、今日はこんな感じで……」

「はーい。因みに、レンジ君はこれからどうするか聞いても？」

「高値で売れたアイテムの乱獲にでも行こうと思います」

「お、おう……」

取り敢えず、あそこにいた全員とフレンド登録をしてからクランを後にした。

これから始まるのは乱獲まつりだ。

……気が向いたら一度だけ深淵の森中層のボスにでも挑んでみよう。

死んでも問題ない訳だし。


ずっとレベリングをしようかと思ったが、途中で完全に飽きてしまったので止めてしまった。

それでもレベルは38に、職業レベルは合わせて5上がった。

それのお陰でSKPが溜まったので、水精霊の興味を取るためにも行動を開始した。

まず、【伐採】【木工】の両スキルをレベル6ずつまで上げて、【素材回収】をレベル2にする。

STPはMPとINT、DEXに振り分け、街に斧を買いに行った。

その際、斧はダンシンさんの元で買ったが、変な顔をされたぐらいで何も言われなかった。

『木こりの斧』★★★★
1000/1000
必要最低ステータス
伐採Lv．5
STR50
DEX50
装備ボーナス

伐採した木の品質上昇

▼

製作者『ダンシン』

戦闘力は皆無と言って良いほど

木を伐る事に特化している。

▼

うん、めっちゃ良い。

取り敢えず、深淵の森中層にて木を1本程伐ってみた。

『魔鋼樹』★★★★★

品質：F

何処にでも生えている木。

生えている場所によってレア度が変わる。

高ければ高いほど、加工しづらく、

とても丈夫になり、刃物すら通さなくなる。


品質Fというのは、切り方が悪いという意味だろうか？

多分そうなのだろうが、釈然としない。

それよりも、木は倒れてからアイテムとなるので、音で魔物が集まってきてしまっていた。

ダンシンさんに教えてもらって初めて知ったが、56レベルの敵を真っ向から倒せるわけがない。

速攻で【隠密】を発動し、逃げた。

それから昼前になるまで色々な切り方を試した結果、最終的に品質は安定してDまで上げる事が出来た。

割と判定がシビアだが、1度だけCが取れたのでまあ良いだろう。

共闘と無理ゲー

少し早いがログアウトして昼ごはんを取り、少しだけ休憩をしてからログインする。

フレンドの所を確認した所、誰もまだログインしてなかったので、ゴブリン達の連携を見るのにはそこが1番良いような気がした事もあり、迷宮5層の中ボスを周回しておいた。

この後10層ボスを攻略する事、デスペナの事を考えると死ぬ事は出来ないため、そこが1番良い場所だろう。

最終的に、レベルは1、職業レベルは3も上がった。

精霊術士が精霊を召喚してるだけで上がるのでさくさくと上がっていくのだ。

取得したポイントはAGIとSTRを上げるのと、伐採をレベル9にするのに使った。

それからレイナさんから連絡が来たので応答した。

『もしもし、レンジさん今何処にいます？』

「今、5層にいますね」

『じゃあ、入り口まで来れますか？』

「すぐいけます」

『お願いします』

「はい」

言われてからすぐに迷宮の入り口へと移動した。

そこには俺以外の全員が待っており……十六夜さんの横の空中に狼が浮いていた。

「あ、ども」

「さっきぶりですレンジさん」

「さっきぶりです。俺が最後ですか……すみません遅れました」

「問題ないですよ。皆今来たばかりですし」

「これどうぞ！　ＨＰ回復薬とＭＰ回復薬です。多分攻略する時にお荷物になってしまうので……」

レイナさんの後ろからでてきたユウさんはそう言って、トレード画面に20個ずつ表示してきた。

えっと……５万でいいかな？

確か前は2万払うつもりが1万だったのだから、ちょうどいいだろう。

もしかしたらもっと高いのかもしれないけど、その場合は後で追加で払えばいい。

「ありがとうございます」

「いえいえ……⁉　このお金は」

「あ、それは受け取ってください。タダは申し訳ないので」

「いやいや！　多すぎますよ！」

「あ、今ちょっとトレード機能が固まっちゃって……」

「嘘ですよね⁉」

「本当です」

嘘です。

もしかしたら短時間で１０００万ぐらいやったら固まるかもしれないけど、まだ３００万までしか分からない。

うん、十分多い。

「という事で、お待たせして申し訳ございません。あ、十六夜さん。あれ、火も風も闇もクリア出来て、水はアテが出来ました」

「友達が土獣発生させた」

「おぉ！　まじですか。後は、光かな？」

「多分……。……まあ、行こう」

「そうですね。行きましょう」

「分かりました」

「え？　ちょ、ま」

　1人了承していなかった気がするが、全員で10層の扉の前へと転移する。

「で、作戦はどうするんですか？」

「私達弓3人でゴブリンヒーラーの目の前にいるナイトを攻撃し続け、他のところを回復する余力を与えないようにし、その間に十六夜さんにその他の敵達を倒してもらいます。で、終わったら協力してもらってヒーラーまで削りきります。多分その間にゴブリンコマンダー、ゴブリンナイトは邪魔をしようとしてきますが、全力で無視してください」

「分かりました。あ、俺ちょくちょくMPポーションを使いますが、気にしないでください。多分足りなくなる事はないので」

「分かりました」

　一応、MPポーションは198個持っている。

　それに加えてユウさんに貰った分が有るから問題ないだろう。

「十六夜さん。主軸ですがお願いします」

「分かってる。任せて」

「え、え、ちょ、え」

「大丈夫ですよユウさん。最悪、レンジさんが抱えて逃げてくれますよ。多分私達の5倍はAGI値ありそうですし」

「え？　いや……まあ、いや、ん？……え？」

……いや、5倍はない。

きっと緊張を解《ほぐ》そうとして言ったんだろうけど、ユウさんが真面目にそのステータス差を信じてしまっているから変な事つぶやいてる。

流石に400はないです……。

どう対応するのが正解だったんだろうか？

レイナさんに若干呆れた目で見られているような気がする。

……まあ、それは自意識過剰だろう。

「じゃあ、行きましょう。さっき言ったとおりにお願いします！　ユウさんも大丈夫ですよね？」

「あ、はい！　事前に聞いてたのと同じなら大丈夫です！」

「じゃあ、お願いします」

「はい！」

皆の顔を確認した後、十六夜さんが扉を開け、皆で中に入った。

全員が入った後、自動で扉はしまり、闘技場風の空間の中央に魔法陣が18個現れた。

「あ、良かった普通だ」

「はい？」

「いや、なんでもないです」

そういや、5層で特殊ボスに当たったって事を言い忘れてた。

……まあ、問題ないだろう。

【精霊召喚：風】『フウ』【精霊召喚：闇】『ヤミ』【精霊召喚：火】『ファイ』

「よろしくね」

「「「「グギャガギュギゴ」」」」

「じゃあ、手はず通りお願いします！」

「「分かりました！」」

「分かった」

言われた通りに、出来る限りの速度でダブルショットを連発する。

一応精霊さん方にもお願いして、攻撃を入れている。

所々小さな火が見えたり、ゴブリンが目を抑えたり、矢が見づらくなったりしている。

……あれ風で砂が目に入ってるんだろうけど、えげつない。

で、十六夜さんの動きを見るに、確実に俺よりもＡＧＩ値は高そうだった。

十六夜さんどんなステ振りをしてんだろうか。

「十六夜さんどうです⁉」

「……ちょっとキツい」

確かに、十六夜さんの周囲に10体、要するに俺達が攻撃している敵と、コマンダーと一緒にいる敵以外全てが行っている訳だ。

しかも、取り囲むだけで攻撃はせずに、壁以外の全方位からナイト×2を主軸に牽制をしている。

……キツすぎない？

絶対にフルパーティー推奨だろこれ……。

ソロで行かずにレイナさん達に協力しておいて良かった。

「レイナさん！　4、5分ならこちらは1人で出来ると思うんで、十六夜さんの手伝いに回ってください！」

「本当ですか!?」

「ええ！　ユウさんも行っちゃって多分大丈夫です！」

「分かりました！　ありがとうございます」

「分かりました！」

「散れ……【精霊魔法：闇】【闇精霊の加護】【精霊魔法：風】【風精霊の加護】【精霊魔法：火】【火精霊の加護】【ハンドレッズアロー】【インパクト】【ブラスト】」

インパクトは弓技Lv．5、ブラストは弓技Lv．8、ハンドレッズアローは弓技Lv．9で覚える。

効果はその名の通りだ。

ただ、MPを意味がわからないレベルで消費する。インパクトは5～10の込めた魔力量で威力は変わるし、ブラストは６～20の込めた魔力量で威力は変わる。

因みに、その魔力消費は１本あたりだ。

で、ハンドレッズアローはＭＰ１００を消費する。

要するに、何があっても最低１２００はＭＰを消費する訳だ。

今は、ヤミの効果によってＭＰが１４４０まで上がっているが、一瞬でほぼほぼ消えるので正真正銘の俺の最大攻撃だ。

勿論、これを発動した直後に【精霊魔法】は全て解除している。

「……あれ？」

うん、思ったよりも威力は強かったようだ。

ヒーラー諸共ナイトを吹き飛ばしてしまった。

「あー、レイナさん。終わりました」

「見てました！　出来ればこちらを手伝ってくれませんか⁉」

「はーい……」

取り敢えずＭＰ回復薬を飲んで、少しＭＰを回復させてから【ダブルショット】で援護する。

俺が援護に回る頃にはナイト2体しか残っておらず、俺が加勢してからすぐに倒す事が出来た。

それからは時間の問題だった。

残りのゴブリンの数は４体。

数の暴力に悩んでいただけだった十六夜さん無双が始まり、あっという間に戦闘は終了した。

階層ボスを倒しました。
▼ドロップ▼
ゴブリンの肉×19
ゴブリンナイトの魔石×1
ゴブリンナイトの剣×1
5000G
レベルが上がりました。
職業レベルが上がりました。

第3の街迷宮10層ボスの
初討伐者になりました。
▼報酬▼
称号【初討伐者（第3の街迷宮10層ボス）】
STP5
SKP5

スキルレベル限界上昇チケット×1
1000G

特定条件を満たしました。

第4の街が開放されました。

特定条件を満たしました。
現在時刻7／21（土）13：24）
1週間後の7／28（土）16：00
より、イベントを開催致します。
細部連絡はメールにて送られます。

「終わった」

「お疲れ様です」

「ありがとうございました！」

「おつです」

申し訳ない事をした。

最初からあれをやってればもう少し楽に戦う事が出来ただろう。

「すみません。あんな事出来るとは思ってませんでした」

「大丈夫ですよ、結果オーライです。参考までに、何があればあれが出来ますか？」

「弓技Lv．9、MP1200です」

「MP……辛いですね」

「ええ。俺もギリギリでした」

まあ、それに見合う火力は有るだろう。

「十六夜さんもお疲れ様でした」

「うん……。で、第4の街の方向の初討伐者の称号だけど……貴方達で取って良いよ。私は友達を手伝うから」

……ん？

何処かで聞いたような話な気が……。

「因みに、お友達さんのお名前は？」

「？　ルイ」

「十六夜さん。それ俺が代わりに行きますよ……」

「なんで？　知り合い？」

「いや、うん。何ていうか……姉です」

姉が言ってた人物像と十六夜さんは完璧に当て嵌まる。

まあ、マイペースという所しか話は聞いていなかったが間違ってはいないだろう。

「……良いよ。約束したのは私だし」

「いえ、攻略の迷惑をかけるのは流石に申し訳なくて……」

「連絡してみる」

「お願いします」

姉ェ……。

あの時にもう少し深くまで掘り下げておくべきだった。

「あ……、レンジで良いらしい」

「分かりました。じゃあ行きますね。称号は俺の事は気にせずに取っちゃってください」

「うん」

「あ、分かりました……?」

レイナさん、ユウさんにも別れを告げ、すぐに移動を開始した。

集合場所は始まりの街の西門だ。

精霊は常時召喚しているのですぐに着き、姉らしき狼人を見つける事が出来た。

「あ、レンジ。結局手伝ってくれるんだ」

「いや……十六夜さんの手を煩《わずら》わせたら駄目でしょ。あの人トップランカー」

「いや、『良いよ』って言ってくれたから良いのかと……まあ、チャット越しでもウズウズしてたのは伝わってきたからレンジで妥協したけど」

「妥協言うな」

いや、何様だ。

帰ったほうが良いような気がしてきた。

「まあ、手伝ってよ。これからは夕飯交代制でいいから」

「よし。とっとと終わらせよう。今何処まで行ってる？」

「あとボスだけ。だけど、ダメージを喰らいたくない」

「なん……あ、土関連？」

「うん。24時間被ダメージゼロで発生した」

「そんなにやったの？」

「徹夜した」

これがガチ勢の力。

このゲーム面白いから徹夜したくなるのは分かるけども、流石におかしい。

「レベルは？」

「20」

「……よくそんなに上がったね。ステ振りは？」

「大体ＶＩＴ」

「あ……はい。まあ、それならダメージを受けずにボス倒せるんじゃない？　不安だったら土獣とってから攻略すればいいし」

「徹夜しろと？」

駄目だこいつ。

「いや、徹夜しなくても大丈夫でしょ？」

「取れる物は早く取りたい」

「……チュートリアルボスは手伝うから、それ以降は自分で決めて。全敵ワンパンするから」

「分かった」

因みに、ワンパンする方法は簡単だ。

複数の矢を発生させて飛ばす技は、ある程度までは矢の飛ぶ範囲を指定出来る。

だから、全ての敵に当たるような飛ばし方をすれば全部倒せる。

勿論、【インパクト】【ブラスト】を使ってだが。

その後、ボス部屋へと行って速攻で終わらせた。

「どう？」

「……強いね。因みに、次のフィールドでノーダメでいれると思う？」

「確か、推奨レベルは10だっけ？　ＶＩＴは俺全く振ってないから何とも言えないけど、大丈夫なんじゃね？」

「……怖いからまだ初期フィールドでレベル上げをする事にする」

「信用ねぇな。じゃあ、俺は行って良い？」

「……んー、なんか無双部分だけ見て終わりは癪だから、何か無理ゲー挑んできて」

「は？」

何を言ってるのだろうか？

いや、癪って……いや……。

「ほら、何かあんな強そうな技を見せつけられたらさ？」

「いや、全く分からん」

「んー、じゃ、南の方のボスを倒すだけでいいから」

「え？」

それだけでいいならいくらでもやるが……。

あれはもう周回も余裕で出来る。

一回一回の攻略は時間がかかるけど、負ける事はないだろう。

「あ、余裕そうだし、その次のボスで」

「……。……まあ、良いよ」

あそこは、誰かがツインヘッドベアを倒すよりも先に様子見はする予定だったし、そのタイミングが少し早くなったと思えば良いだろう。

「行ってらー」

「……他人事だな」

「そりゃね」

「まあ良いや。丁度行こうと思ってたし行ってくるわ」

「あれ？　本当に行くの？　結局は行かないんだと思ってたんだけど」

「いつか行くつもりだったから」

装備もアイテムも問題ないので、すぐにでも行ける。

「じゃ、行くね」

「あー、頑張って」

それから、姉と別れてからすぐに深淵の森中層に移動した。

一応、先程のボス戦で使用したＭＰは回復してある。

「よし、行くか」

転送された空間はツインヘッドベアの時よりも全然大きかった。

それに、中央に出現した魔法陣も今まで見た中では圧倒的に大きかった。

「え、おいおいおい……」

「グガァァァァァアアアア！！！！！」

視界内に当たり前のように表示される『威圧のレジストに失敗しました』という文字。

まあ、それが出てくるのも仕方がない。

相手の見た目はほぼほぼティラノサウルス。

全体的に黒オーラを発し、重みを感じさせる見た目をしている為、若干ティラノサウルスとは違うがほぼほぼ一緒と考えていいだろう。

種族名は『堕《お》ちた中級土竜』。

これは……100%無理だろうが、倒さなくてはいけないのだろうか？

見ただけで分かる。

今の俺では確実に不可能だ。

俺がそんな事を考えている内に土竜は溜め時間を終えたのか、咆哮と共に浮かせた右足を全力で振り下ろした。

それと同時に、土竜の周囲の地面から尖った岩が出現し始めた。

それは全方位へと広がり……威圧により動く事が出来ない俺はなすすべなく吹き飛ばされ、死亡した。


特定条件を満たしました。

ワールドクエスト『Invisible Black Haze』が進行しました。

以後、特定条件下にて特殊ボスが発生します。

死亡しました。
デスペナルティは
所持金を1割紛失
装備をランダムに1つ消失
一定時間のステータス減少

祈祷者

あ、35万Gぐらい消えた……。

ワールドアナウンスが流れてた気がするが、まあ別に気にする事はないだろう。

消えた装備は……手袋か。

まあ、消えて問題有る装備はないから良いだろう。

……ふと疑問に思ったのだが、あのボスは本当に普通のボスなのだろうか？

ツインヘッドベアの事を考えると今後は普通に出てくるようになるわけだが……そうだったらこれ以上はソロで勝てる気が一切しない。

まあ、良い。

デスペナルティの効果が切れるまでは大人しく木工でもやろう。
★5の木をステータスが下がっている状態で使う気はないので、第1の街の森から木を伐って、第2の街へ移動した。
移動した理由は、木工のやり方が全く分からなかったからだ。

ダンシンさんに聞けば分かるんじゃないかと思ったのだ。

ダンシンさんの居場所が分からなかったので【瞬光】の入り口まで移動すると、今まさにクランに入ろうとしているダンシンさんを見つけた。

「ダンシンさん」

「あ、お前も……ついてこれるか？」

「良いですけど何処行くんですか？」

「クランマスターの部屋だ。ワールドアナウンスは聞いてただろ？」

「すみません。丁度死んだんで聞いてませんでした」

「……。それは、死んだ理由を話せるか？」

「あ、良いですよ？　俺もあいつが何だったか知りたいので」

「よし。ついてこい」

ダンシンさんに促されるがままに階段を上り、クランマスターの部屋に入った。

「ダンシン遅かっ……レンジ君も来たのか！」

「すまん遅れた。まあ、手土産があるから良いだろ」

「え？」

「冗談だ」

ダンシンさんは手土産と言ったタイミングで俺を前に突き出した。

いや、冗談だ。とは言ったけれども、俺じゃあ手土産にはならないだろう。

「お？　そのままレンジ君が【瞬光】に入り」

「ません」

「まあ、冗談はそのぐらいにして……みんな集まってくれてありがとう。議題は分かってるね？　今日あった2つのワールドアナウンスだ。今まで、街が開放されたというのは何度も聞いてるし、今日もあったが、今日の2つは違う」

俺は運営からの細部説明は一切見ていない。

恐らく、迷宮10層をクリアした時についての説明だろうが……会話についていけるか？

「ねえこれ私もいる？」

「いや、生産プレイヤーのトップはいてくれた方が良いんじゃないかな？」

「まあ良いや。話は聞いても損はしないし。あ、レンジ君アサシンスネイクの皮ありがと！　まだ1個も満足いく装備は出来ていないけど、職業レベルがいい感じで上がるんだよ。装備が出来たら1番最初に言うね！　隠密性能が欲しいって言ってたからローブでいいよね？」

「あ、ありがとうございます。ローブでお願いします」

この部屋にいるのは先程のメンバーと同じだ。

「……何故、このメンバーなんですか？」

「あ、レンジ君気になる？　【瞬光】に入っ……まあそれはおいといて、これがベストメンバーなんだよ。知識欲が強くてちょっとあれだけど、頭が回るスイと、生産のツートップのダンシンと楓。で、一応最大クランのマスターである僕。それに、僕等の知らない情報を沢山持っているレンジ君。人が多すぎず少なすぎず。それでいて質も良い。まあ、レンジ君が来たのは想定外だけど」

無駄な話はするなという周囲、特に俺の目線でルトさんは自分から話を元に戻した。

……ダンシンさんと楓さんで生産ツートップなのは知らなかった。

やはりトップクランのマスターとなると持っている人脈が違う。

ユウさんは何番目だろうか。

……まあ、それはおいておいて、『堕ちた中級土竜』について聞きたい。

「まあ、１つ目のイベントの方は良いだろう。多分あれの発生条件は第４の街開放だし。それについては話したい事があったら後で話してほしい。で、２つ目の方だが、ワールドクエストって知ってるか？」

「いや、知らない」

「β時はありませんでしたね。一応、『Invisible Black Haze』についてはある程度は分かりますが」

……話に全くついていけないのだが、『Invisible Black Haze』って何？

「良ければ話してくれないか？」

「ええ。これは、始まりの街の図書館のような場所に有る本の話なのですが、昔に竜や精霊、獣に取り付いて暴走させるという化学兵器を作り上げた国がありまして……」

「化学兵器⁉」

「あ、それでか」

「今は滅び、大陸そのものが……ん？　レンジさん？……取り敢えず話は続けますが、大陸全体が人が住む事が出来ないようになってしまったようです。恐らくそれの事ではないかと思われます。本には黒い霧のような、煙のような気体だったと書いてありますので。Black Hazeに関しては当てはまっています」

話の腰を折ってしまったのは本当に申し訳なくなるが、ワールドクエストとかそういったのは全く分からなかったが、『堕ちた中級土竜』の意味が分かってよかった。

要するに、あれがそうなのだろう。

黒いオーラを発していたし、堕ちていたのだから。

「レンジさん？　自己解決しないで話してもらえると……」

「あ、すみません。さっき深淵の森中層のボスに挑んできたんですけど、『堕ちた中級土竜』っていうのがボスで一瞬で殺されたんです。で、何が『堕ちた』なのか気になってたんで……」

「……ワールドクエストの進行原因はレンジ君か」

「一瞬で色々な疑問が解決したのですが……」

俺はそれよりもワールドアナウンスが何だったのかが気になる。

「詳しく教えてもらえませんか？」

「いや、俺も初撃で殺されたんで全然分からないんですけど……」

「問題ないです」

「少し黒っぽいティラノサウルスみたいなのがボスでした。最初に咆哮で威圧をされ、動けなくなってしまったので2撃目のストーンエッジみたいな攻撃を避けられず死にました」

「……確かβ時に絵本に書いてあった土竜は茶色っぽい色をしていたので、見た目で判別は出来そうですね」

いや、絵本とか本とか。

情報クランというのは前線でとにかく検証をするようなクランだと思っていたのだが、違ったのか。

「それよりも、ワールドアナウンスってどんなのだったんですか？　死んでいたので分からないのですが……」

「特定条件を満たしました。ワールドクエスト『Invisible Black Haze』が進行しました。以後、特定条件下にて特殊ボスが発生します。です。今のレンジさんの情報により、ここで指す〝特殊ボス〟と我々が知っている〝特殊ボス〟は完全に別物だと思われますが、特殊条件下……。満たした特定条件は通称Black Hazeとプレイヤーの接触でしょうから……。……いや、それは……。じゃ」

「ストップ。まあ、レンジ君情報提供ありがとう。これは僕から報酬を払おう。取り敢えず……100万Gで良いかな？」

「多すぎません？　てか、今はあまりお金要らないんで……ぶっちゃけますと、精霊のクエストを知りたいんで教えてくれませんか？」

……教えてもらえるだろうか？

一応、スイさんの口から『精霊』という単語は発せられてるから、俺がエルフに憧れてて精霊魔法を覚えたいとでも言えば何とかゴリ押しで誤魔化せるだろう。

「……どう？」

「良いと思います」

「良いんじゃね？」

「良いと思うよー」

「レンジ君……因みに、土だけど被ってても許してね？」

土か。

一定時間ダメージを受けないだったか？　多分そんな感じだろう。

まあ、確証はなかったので教えてもらえるのならば有り難い。

「……ソロで自分のＨＰを全損させ得る攻撃を、避ける事なく生き残る事」

「はい？」

「因みにおまけ情報だけど、種族ごとにクエストの難易度が全然違うから。それと、今のところは精霊系クエストはエルフ、ドワーフしか発生させれないし、獣系クエストは獣人達しか発生させれない」

「……補足とはなりますが、恐らく、人間は竜系クエストかと思われますが、今まで前例は見た事がありません」

思っていたよりも全然大きな情報だ。

俺としては木工のレベルを上げたのが無駄で有る可能性も大いに有るのが心へのダメージがでかい。まあ、思ったよりも楽しかったので辞める気はないが。

「まじすか……」

「あ、流石に被ってなかったか。良かった。因みに、ダンシンから斧を買ったらしいけど、水に関してはそれじゃない事は試したよ。アイテムの作成系ではなかった。もしかしたら、自作アイテムの使用系かもしれないから今試してる」

「へー……」

……まあ、良いや。

矢は今のスキルレベルでいつか自作しよう。

……暇な時に。

今が暇なときなんだけれども……。

「で……。『Invisible Black Haze』に関する情報ってこれ以外には……なさそうだね」

「私のクランの方でもう少し調べさせてもらいます。分かった情報などがあれば、ここの方々には知らせていきますのでご了承を」

「助かる。……で、一応話したい事はレンジ君のお陰で手短に終わったけど、イベントについてなにか話したい事ある？」

「ない」

「私もないよ」

「ないですね」

「ないです」

「じゃ、解散にしよー。わざわざ集まってくれてありがとう」

「おつですー」

「あ、お疲れ様です」

……そのまま流れ解散という形になった。

ただ、俺は元々ダンシンさんに木工について教えてもらおうと思っていたので、話を聞く事にした。

「ダンシンさん。…木工ってどこでやれますか？」

「お前……話聞いてたか？　お前が木工をやる利点なんて……もしかしてもう取った後か？」

「はい……」

「……取り敢えず、街の南の方に共同生産場のような物が有るから、そこに行くと良い。多分他の街にもあるだろうし、この街だと空いてる部屋がないだろうから第3の街に行くべきだがな。それと、一応機材はギルドで買えるから買っていけ。機材がないと話にもならんだろう」

「ありがとうございます！」

「あぁ。んじゃ」

それから、言われた通りに機材を買ってから第3の街へ移動した。

かんな？　とかそういうのは、初めて触ったのだが大丈夫なんだろうか？

第3の街で、ダンシンさんに言われた通りに南方向を探していると、確かに共同生産場のような物が存在した。

「ここか……」

「ん？　新人さん……って事はないか……」

「いや、生産に関しては新人なんですが、教えてもらえますか？」

俺が入り口に突っ立っていると、後ろからタイミングよく人が来たので使い方を教えてもらう事にした。

多分猫人族。

見た目は某宅配魔女様を思い出すような黒耳に黒尻尾。黒猫というのがピッタリと言ったような感じだった。

「え、良いけど来た事ないの？」

「初めてきたんで。矢を作れるんなら作ってみたいんです」

「矢？　無理だと思うよ。難易度結構高いし。まず、鏃《やじり》を作るために、【加工】か【鍛冶】は必要だし金属も必要。まあ、それはなしで焼くだけで代用も良いかもしれないけど、羽が必要でしょ？私はまだ鳥系魔物を見た事ないから、羽がないでしょ？　それに羽を使えるように加工するのも【加工】か【裁縫】は必要だし、篦《へら》が必要だけど、しっかりとした真っ直ぐな篦を作るのはスキルレベルもDEXも必要。ほら、難易度高くない？」

「出直してきます」

　スイッチが入った黒猫さんが詳しく説明してくれた。

　ただ、【加工】も【鍛冶】も【裁縫】も持ってない。

　確か……【鍛冶】は【火精霊の観察対象】で適性が上がっていたがそれ以外は上がっていなかった筈だ。

　消費ポイントの事を考えると……諦めるべきだな。

「あ、待って待って。せっかく来たんだし他の物でも作ってみたら？　なんなら弓でも！　矢を求めるって事は【遠距離物理】でしょ？　私の友達も作れないかって聞いてきたんだ」

「弓ですか？」

「うんうん。それなら【木工】と【加工】だけで何とかなるし、難易度もそこまで高くないよ？　ただ、樹皮で紐を作るか、深淵の森表層にいる蜘蛛から蜘蛛の糸を入手する必要があるけど……」

　蜘蛛の糸なら何個も持っているが、どのようにそれを弦にするかが想像がつかない。

　横糸と縦糸のどちらが粘着質なのかは覚えていないが、蜘蛛の糸なのだから確実に粘つくだろう。

「まあ取り敢えずやってみれば？」

「すみません、加工も持ってな……いや、取ろうと思うんですけど、スキルレベルはいくつぐらい必要ですか？」

「分からないけど、蜘蛛の糸のレア度が３？　だったから、蜘蛛の糸を使うなら最低でも３は必要だよ。使う木にもよるけど、それ以上必要になるかもだけど……。あっ！　樹皮を使うなら話は別だよ？　木のレア度だけで大丈夫。まあ、成功するってだけで品質は微妙なんだけどね……」

3……ならギリギリ取れる。

4になると取れないが、これは取れと言われている気がしてならない。

12ＳＫＰと痛い出費だが、いずれ取る事になるなら今しても問題ないだろう。

「教えてくださってありがとうございます。じゃあ、試してみますね」

「……もしかして蜘蛛の糸持ってる感じ？　だったら……蜘蛛の目持ってたりしない？　錬金で使いたいの」

蜘蛛の目……当たり前のように持っている。

ポイズンスパイダーの目とか、アサシンスパイダーの目とか色々あるけど、リトルスパイダーの目で大丈夫だろうか？

「リトルスパイダーの目で大丈夫ですか？　それの上位種のも有りますが……」

「わざわざありがとう！　でも、リトルスパイダーので大丈夫だよ。それ以上……ん？……え？……まあ、扱いきれないから大丈夫！　金額はどのくらいが良いかな？」

「あ、無料で大丈夫です。情報も頂いたし」

「本当⁉　ありがと！　じゃあ、フレ申請するね！」

「はい」

それから、フレ申請を承諾してトレードを行った。

サーヤさんと言うらしい。

上位種という所で疑問を覚えたようだが、何故か自己完結してくれたので何も聞かれる事もなく……サーヤさんは手を振って建物の中に入っていった。

「ありがと！　んじゃ、またいつか！」

「あ、はい。ありがとうございました」

それから、去っていったサーヤさんの後から俺も共同生産場に入る事にした。

共同生産場は、部屋の大きさ、階級、炉等の有無を選択できるらしいが、始まりの街で取った木の大きさを考え、ある程度の部屋の大きさを確保するだけにして取った。

勿論使用料はあるが、そこまでは大きくなかった。

「よし、やるか【精霊召喚：闇】『ヤミ』【精霊召喚：風】『ライ』【精霊召喚：火】『ファイ』弓を作ってみるから手伝ってね」

……速攻で頭へと移動したヤミとライは話を聞いていたのだろうか。

あ、ファイは落ち着いて。

火を出すんじゃなくて火に対する耐性を……。

ファイが落ち着いたのを確認し、丸太を取り出す。

目指すのは〝彼〟の持っていた弓のような見た目をした和弓。

初めにやるのは木取りという作業だ。

木工で最初に覚える技能で、ある程度明確なイメージを浮かべて使用する道具を掲げてＭＰを使うだけで、勝手に切り取ってくれる。

スキルがなくても自力でやろうと思えば出来る。

まあ、面倒くさいし、完成度は職人でもない限りはスキルを使用した方が高いので、スキルなしでやる人などほぼいないらしいが……。

ただ、俺の場合は成功しなかった。

いや、正確には成功しているのだが、思い通りにはいかなかったというのが正しい。

反りやすい板目材とやらにはなったが、形が俺の考えているものとはズレているのだ。

正しいやり方が分からないのでサーヤさんにメールで確認した所、そういうのは紙に書いてから行うべきらしい。

確かに言われてみればそうだったので、ギルドへ紙を買いに行き、すぐに戻ってきた。

そして、前回の失敗を活かし、今回はしっかりと紙に細部までの細かいイメージ図を書いてから行った。

まずは木取りからだ。

実際、書いてから行った結果は全然精度が違った。

その後も、木づくりという物や、墨付け、カット、研磨等を、書いた事を元に行い、最終的に何とか弓の形にはなったような気がする。

その後【加工】を使って、多少はしなるように出来た。

「ボキッ」

……しならせて遊びすぎた。

まあ、学んだという事で……。

俺の失敗作を見た後に、ファイは此方へと目線を移してきたので、『好きにしていいよ』という意思を込めて頷く。

「え、ちょ？」

するとファイが木に手を添え、ＭＰが大量に消費される感覚と共に折れた木は光り輝き……最終的には輝きに耐えられなくなったのか、光を失った。

「だ、大丈夫。今回は失敗しちゃっただけだしさ！」

不安そうにこちらを見てくるファイを励ましながら、性能を確認した所……。

『朽ちた加工された魔鋼樹（1／2）』☆
品質：D
下級火精霊の加護に耐えられなかった魔鋼樹
これを素材とした物の格が一つ上がる。
素材化不能

「は？……凄くね？」

有りえない性能の魔鋼樹が出来上がっていた。
試しにストレージから★5の魔鋼樹を取り出し、ファイにお願いをすると、とんでも性能の魔鋼樹が出来上がった。

『魔鋼樹』☆☆☆☆☆
品質：B（C）
下級火精霊に加護を与えられた魔鋼樹
火炎耐性：小
STR補正：小
これを素材とした物の格が一つ上がる。
（1／3）

特定条件達成により、
称号【祈祷者】
を獲得しました。
▼報酬▼

ＳＴＰ５
ＳＫＰ５
スキルレベル限界上昇チケット×１
１０００Ｇ

特定条件達成により、
称号【初祈祷者】
を獲得しました。
▼報酬▼
ＳＴＰ５
ＳＫＰ５
スキルレベル限界上昇チケット×１
１０００Ｇ

「…ヤミとライもお願い」

頭の上にいるであろうヤミとライにもお願いすると……。

『魔鋼樹』☆☆☆☆☆
品質：S（C）
下級火精霊
下級闇精霊　に加護を与えられた魔鋼樹
下級風精霊
火炎耐性：小
STR補正：小
速度上昇：小
AGI補正：小
魔法破壊：小
魔法力補正：小
これを素材とした物の格が三つ上がる。
（3／3）

特定条件達成により、

称号【到達者（素材）】
を獲得しました。
▼報酬▼
STP5
SKP5
スキルレベル限界上昇チケット×1
10000G

特定条件達成により、
称号【初到達者（素材）】
を獲得しました。
▼報酬▼
STP5
SKP5
スキルレベル限界上昇チケット×1
10000G

「……やべぇ」

デスペナルティの効果があるので、今はこれを使って矢を作る事は出来ないが、デスペナルティが解除されればすぐにでも弓を作ろう。

当たり前だが、【木工】【加工】は最大レベルまで上げるつもりだし、ＤＥＸも出来る限り上昇させるつもりだ。

「ありがとうね」

唐突に丸太をしまった俺を不思議そうに見上げている3人にお礼を言い、部屋を後にする。

これから行くのは、レベリングに適している深淵の森……だが、デスペナルティ中なので表層である。

全力疾走で深淵の森表層へと移動すると、相変わらず人はおらず、魔物が闊歩《かっぽ》していた。

「お、見っけ」

速攻で見つけた蛇と蜘蛛を原点に狩りを開始する。

影からチマチマと攻撃するのは変わらないが、与えたダメージは多くなっていたのか、気持ち早く戦いは進んでいった。

それから数時間程、切らせる事なく永遠と狩りを続けていった結果、3つのクエストが発生し、2つ達成したタイミングで姉から連絡が来たが、それを無視して3つともクリアさせる事が出来た。

獲得した称号は【殲滅者（リトルスパイダー）】【殲滅者（リトルスネイク）】【殲滅者（フォレス

トウルフ）】【深淵の森表層の殲滅者】の4つだ。

俺のVIT0です

姉からの呼び出し連絡の集合場所へと【風精霊の加護】を使いながら移動する。

集合場所は前回同様西の門だった。

「レンジ遅……頭から火出てるわよ」

「呼び出しに応じただけ感謝しろや……で、何のよう？」

「いや、結局森に行ったんだけど、兎同様被ダメージ0どころか相手にダメージ与えられたから次フィールドに行きたいの。手伝って」

VITが高すぎると、相手にダメージを与えられるのは知らなかった。

勿論、頭に関してはスルーする。

そんな俺の様子を見てか、チラチラと頭を見はするものの、それ以上聞かれる事はなかった。

デスペナ中だし、レベリングに関しても職業含めて6レベル、称号は4つも取得できたので手伝うぐらいであれば問題ない。

「良いよ。でも、デスペナ中だから、ワンパンミスっても許してね」

「ダメージさえくらわなければ許したげる」

「何様だ」

まあ、デスペナが有るとは言え、【テンスアロー】【インパクト】【ブラスト】を使えばワンパン出来るだろう。

「あ、そういやボスと戦う条件は満たしてるんだよね？」

「それは勿論」

「なら行こう」

「そういやさ、無理ゲーどうだった？」

「あー、ボッコボコにされたけど、それのおかげで土精霊の発生法を教えてもらえたから全然気にしなくていいよ」

「あ、ほんと？　良かった」

それからすぐに攻略を開始し、終わらせた。

一応を考えて【精霊の加護】を使用しての攻撃だったが、問題なくワンパンする事が出来た。

「このまま第2の街に行く？」

「行けそう？」

「いや、ボス戦なしで行けるけど、そこで戦う事になるんだけど、大丈夫？」

「あ、それは多分大丈夫。森ではガードするだけでダメージを与えられたから」

「おっけー。じゃ、取り敢えず終わりで良いね？」

「いいよ。ありがとう」

今の時間は16時半だ。

デスペナルティの解除まではもう少し時間があるが、今のポイントでは【木工】【加工】を最大レベルにする事が出来ないのでもう少しレベリングをする必要がある。

……深淵の森中層。

「行くか」

ファイに火の粉を出さない様にお願いした後に【隠密】、【気配感知】を使用して深淵の森中層へと移動する。

相変わらずのヤバさ。

入った瞬間に見えたのはポイズンスパイダーとアサシンスパイダー対ツインヘッドベアとツインヘッドウルフの戦闘風景だった。

「……双頭同士の仲間意識？」

何故別種の魔物が協力しているのかは気になったが、漁夫の利を狙っているポイズンスネイクを見つけたので、そこへと矢を射る。

それからはいつも通りのレベリング場でのレベリングだけをひたすら行った。

時々アサシンスネイクに冷や汗をかかされたとは言え、最終的にレベルが5、職業レベルが合わせて7上がった所でレベリングを終了した。

特殊クエストが6個も発生していたが、どれもクリア条件を達成するまではあとちょっとと言った所だった。

因みに特殊クエストだが、

『ツインヘッドベア大討伐』『アサシンスパイダー大討伐』『ポイズンスパイダー大討伐』『アサシンスネイク大討伐』『ポイズンスネイク大討伐』『ツインヘッドウルフ大討伐』

この6つだ。

クエストの発生条件である200体倒すというのを6種共に達成していたと考えると、だいぶ頭がおかしい気がするが……。

時間も時間なので、それからすぐにログアウトし、食卓へと向かう、もうご飯は出来ていた。

時間はまだ7時前だ。

姉が約束通りご飯を作ってくれたのかと思ったが、それは違った。

台所には母親がいたのだ。

「は？」

「あ、蓮司。ただいま」

「おかえり？　姉ちゃんは？」

「まだ来てないけど？」

「……そう」

母親は父親に比べて帰ってくる回数が倍程度には多いが、こんなピンポイントのタイミングで帰ってきているとは思わなかった。

姉は何をしているのだろうか……？

「あ、瑠依」

「姉ちゃん交代制の約束は？」

「いや、メール送ったけど気づいてないの？　今日はどっちなの？　って。交代制が今日からなのはいいけど、どういう交代制にするのかとか全く決めてなかったから」

「あー、1日交代……じゃなくて1週間交代のほうがいっか。それだと今日は俺だね。明日から1週間が姉ちゃんだ」

「おっけー」

確かに、言われてみれば食材の買い出しは1週間に一度、俺が全部を決めていた。

だから、その買い出しの分が残っている以上、今日は俺がやるべきだったのだろう。

まあ買い物は毎週日曜に行っていたから、明日からは姉だ。

「お母さんありがと」

「良いの良いの。偶には帰ってきて母親らしい事はしないと。で……彼氏、家に連れてきた？」

「あると思う？」

「あ、瑠依に聞いたのは間違いだったわね。蓮司、どう？」

「ないよ」

「そう？　それの為にわざわざ家を開けてるのに……」

因みにこの母親、かなりの恋愛脳である。

自身は完全に父親一筋なのだが、子供である俺と姉にはよくそういった話を振ってくる。

実際、父親についていった理由の2割ぐらいはそれであるらしい。

要するに8割は単純についていきたかったからだろうが、そこは別にいい。

問題なのが、

「ねぇ、私に聞いたのは間違いってどうい——」

「で、蓮司。そういう感じになりそうな女の子はいないの？」

「いないよ。てか、もうすぐ夏休みだし会う事もない」

「おい……」

「ゲームでは？　VRゲーム、ようやく始めたんでしょ？　タイプの子はいなかったの？」

「いないよ。てか、みんな顔加工しまくってるだろうから興味もない」

「……無視しないでもらえますか」

「そんな事ないわよ。重要なのは中身なんだから」

この通り、割としつこいのだ。

子供の恋愛は一切見逃したくないらしく、根掘り葉掘り聞いてくる。

その割には姉には聞かないが、それは諦めてるからだ。

最初は断固として姉に彼氏など認めなかった父親も、心配し、最終的には同情した。

まあ、そんな感じで姉は諦められていた。

諦められた1番の理由は俺も鮮明に覚えているが、去年に言い放った『〇〇がいるからいい！』という発言だ。

名前は覚えていないが、それが乙女ゲーのキャラだった事は覚えている。

流石に、今はもうそんな事は言わないが、あの記憶が鮮明すぎて、誰も姉の恋愛事情を聞く事はなくなった。

「あのー……」

「で、気になる子は本当にいないの？」

「いないって。もう良いでしょ」

「……仕方ないわね。何かそういう子でも出来たらすぐに知らせてね。すぐに援助するし、家に連れ込むタイミングは絶対戻らないようにするから」

「余計なお世話だ」

「……あのー」

「で、何？　瑠依」

「……いや、何でもない」

「そう。ならさっさと食べちゃいましょ」

「「いただきます」」……」

俺や姉が母親に料理を教わった為、あたりまえのように母親の料理は俺等が作るものより美味しい。

前それを母親に伝えたら当たり前だとは言われたが、次の日のご飯がすき焼きになったので、その手段は偶に使っている。

「母さん。蓮司ゲームでは女の子に囲まれてるよ」

「は?」

「え、そうなの蓮司?」

「……そう見えるだけで、基本ソロだよ。てか、姉ちゃん何で知ってんの」

「泉月に教えてもらった」

「誰それ」

「詳しく」

「いや、特に何もないからお母さんは落ち着いて。で、泉月さんってだれ? 俺の知らない人が俺の情報持ってるの怖いんだけど」

「え? あー、十六夜だよ」

「あー」

月関連で十六夜っていう名前にしたのか。

確かに、十六夜さんからしてみれば俺はレイナさんに呼ばれてきた人だから、常にパーティを組んでいるように思えるかもしれない。

「それ勘違いって伝えといて。俺は基本ソロだし」

「そうなの? 凄い仲良さげに話してたって聞いたけど」

「そりゃ、レイナさんとかは良い人だから仲良くはするでしょ」

「へー」

「で、レイナさんって子が……？」

「だから、そういうのじゃないって。もう良いでしょ」

「んー、まあそうね。そういうのになりそうだったらすぐに言うのよ」

「気が向いたらね」

それからも少しの間アホみたいな話をした後に、ゲームへと戻る事にした。

時間は8時前でデスペナルティも解除されており、楓さんからローブが出来たという連絡が入っていた。

その連絡が来てからゲーム内で1時間ぐらい経っており、楓さんはログアウトしている為受け取る事は出来ないが、楽しみだ。

「うっし。行くか」

先程は時間が押していた為出来なかった深淵の森中層でのレベリングを再開する。

最終的に、何故か敵が出てこなくなるまでにレベルは51に、連撃士が36、精霊術士が26まで上がり、精霊術師に変わった。

唐突にレベリングが出来なくなった事を疑問に思い、自分のステータスを確認してみた所、

【深淵の森中層の殲滅者】

深淵の森中層の全魔物の殲滅者となった者に与えられる称号。
深淵の森中層にて、取得経験値増加。アイテムドロップ率上昇。
深淵の森中層にて、魔物との遭遇率がとても下がる。
深淵の森中層の全ての魔物が恐れ、戦闘を仕掛けなくなる。
深淵の森中層の魔物と戦闘時、
与ダメージ上昇、被ダメージ減少。

こんな称号を取得していた。

これは表層に関しても同じものを持っており、レベリングをする場所がなくなってしまった……

まあ、先に進めば問題ないだろう。

目標のポイントは集めきったわけだし。

フレンドの所を見ると、楓さんがin状態に変わっていたので、メールに書かれていた第2の街、【瞬光】のクランの近くで開いているという店まで移動した。

「ここか？」

言われた所に行くと、普通にお店があった。

看板は猫と洋服のマーク。

どうやってそれを作ったのか、どうやってお店を持ったのか気になったりするのだが、今は良い。

『カランコロン』というような音と共に扉を開け、中に入ると様々な装備などが並べられていた。

「おじゃましまーす……」

「あ、おきゃ、レンジ君じゃん！　ローブ取りに来たの？……って『おじゃましまーす……』って！　ここお店だからそんなに畏《かしこ》まる必要はないんだよ？」

店に入ると速攻で黄色髪の猫さん……楓さんを見つける事が出来た。

「つい立派だったんで……因みにローブのお値段は？」

「ありがとね！　ローブは……どんぐらいだろ？　正直私はお金はあまりいらないし、物々交換の方が良いんだけど、それじゃ駄目？」

「あ、物々交換で良いなら是非」

今は丁度深淵の森中層でアイテムを乱獲してきたから、よほどの事がない限り大丈夫だろう。

「じゃ、アサシンスネイクの皮を50個！」

「あ、そんなんでいいんですね。そんぐらいだったら……」

「え？　良いの？　このローブ、皮を10個ぐらいしか使ってないけど……」

「全然問題ないです。てか、安いぐらいじゃないんですか？」

「いやいや全然！　30個とか20個でも何なら10個でも大丈夫」

「じゃ、50個でトレードお願いします」

「はーい」

トレードで渡してもらったローブの性能はこんな感じだった。

『密蛇のローブ』★★★★★
500／500
必要最低ステータス
【隠密Lv．5】
STR10
VIT20
INT50
DEX30
装備ボーナス
VIT30上昇
INT20上昇
【気配希薄化Lv．5】
【隠密】系統のスキル効果を1．5倍にする。
【隠密】系統の消費MPを軽減する。

▼

製作者『楓』

▼【隠密】所有者専用のローブ。

「装備出来ねぇ……」

「えぇ!? いや、そんな事……因みに何が原因?」

「俺のVIT0です」

「……が、頑張って」

「頑張ります」

流石にVITが必要だとは思わなかった。

どうしようか……。

レベル上げをしたいのだが、俺のレベルを考えると……深淵の森中層が丁度良いわけだが……遭遇率は極端に下がっている。

先程全てのポイントはDEXを重点的にAGI、MPに振り分けてしまったし……。

……あの丸太で弓を作り、それで中層のボスを倒して深層でレベリングをしよう。

多分、それが1番の近道だろう。

「お邪魔しました」

「まいどありー。今後もよろしく！」

「こちらこそお願いします」

それから、すぐに共同生産場へと移動した。

繋精弓《けいせいきゅう》

取れる限りの最高グレードの部屋を取り、早速丸太、アサシンスパーダーの糸を取り出す。

「これにも加護ってつけれる？」

アサシンスパイダーの糸を片手に、頭上にいるであろうファイに聞くと、上から顔を見せたファイが、身振り手振りで何かを説明しようとしだした。

「このままじゃ無理って事？」

コクコクと頷くファイを見てから【加工】を発動し、自分の望む弦へと改変させた糸を掲げる。

「これはどう？……まぶしっ!?　って暗!?」

掲げた瞬間にとてつもない輝きが現れた……と思ったら一瞬で真っ暗になった。

あぁ……ファイ止めて。

守ってもらってると分かってても大きなチリチリ音と飛び散る火の粉は色々と恐怖を与えてくる。

キラキラと輝いている弦を鑑定してみると、

『アサシンスネイクの糸』☆☆☆☆☆
品質：SS（B）
下級火精霊
下級闇精霊　に加護を与えられた魔鋼樹
下級風精霊
火炎耐性：小
STR補正：小
速度上昇：小
AGI補正：小
魔法破壊：小
魔法力補正：小
これを素材とした物の格が3つ上がる。
（3／4）
強力な弾力と強力な伸縮性を兼ね備えた不思議な糸。

「……やば」

震える手を押さえつけ、木工をする為の図案を書き始める。

取り敢えずは少し大きめに。

それでいて小回りが効く和弓を……。

数枚程の没を作り出した後、ようやく納得のいく図案が出来上がった。

アサシンスネイクの皮を楓さんに渡した時も楓さんがこのような感じになったと考えると……申し訳なくもなるが、嬉しい気持ちにもなる。

これは……関われるだけで嬉しい。

「ファイ、ヤミ、ライ。見ててね。俺達の弓を作り上げるから」

ずっと頭の上に乗っかっていた精霊達も、手元へと降りてきて、興味津々に、それでいて邪魔をしないように俺の手元を除きこんだ。

これは、スキルで短縮しない。

スキルのアシストはあるかもしれないが、最初から最後まで自分の手でやる。

まるで、やり方を最初から理解していたかのように動く手を間近から、まるで第三者として見ているような気分になりながらも、全身全霊を込めて作り上げる。

精霊達が何かをやっていて、ＭＰが急速に減っているが、それも気にしない。

とにかく、全身全霊を込めて。

「っっ出来たっ!!」

出来上がった弓は空中へと浮かび上がり……赤、緑、黒と3色の素晴らしい配色となり、3つの各々の色をした宝玉を光らせながら俺の手へと舞い降りた。

これが、俺の弓だ。

ファイ、ヤミ、ライが弓の周囲を飛び、各々の光を灯す。

「3人共、これからもよろしく」

これならば、どんな敵でも打ち払う事が出来るだろう。

弓の輝きと共に余韻に浸りながら能力値を確認する。

『　　　　　』☆☆☆☆☆☆☆☆
4000／4000
装備ボーナス
能力強化『ヤミ』『ファイ』『ライ』
守護者強化『ヤミ』『ファイ』『ライ』
▼

製作者『レンジ』
到達装備【精霊強化】【成長】
『レンジ』専用の弓
▼

「名前は……繋精弓《けいせいきゅう》だ」

その俺の声と共に表示される名前。

ヤミと。

ファイと。

ライと。

4人全員が繋がれた。

そんな気がしたから付けた名前。

「ありがとう」

繋精弓を頑張って持ち上げようとしているファイ、何故かぶら下がっているライにバランスを取りながらへばり付き、目を閉じているヤミを見ると笑みが溢れた。

何となくだが、彼女達の気持ちが分かるような気がした。

「じゃあ、土竜さんのところに行きますか！」

周囲の目線など気にせずに、ライのちからを借りながら全力疾走で深淵の森に向かう。

道中出てくるような敵は1体もおらず、俺は万全な状態で『堕ちた土竜』に挑む準備が出来ていた。

フィールドが切り替わり、目の前に現れた『堕ちた土竜』の咆哮に覆いかぶせるように言葉を重ねる。

「お前を、必ず倒してみせる！」

「グガァァァァァアアア！！！！」

視界に当たり前のように表示された『威圧のレジストに成功しました』という文字。

一度目と同様に地面から発生した尖った岩は、ライの力を借りて空へ軽々と躱した。

その後に続いた10本の土の槍による攻撃は、ヤミの力を借りて矢と対消滅させた。

そして、大地の波はファイの力を借りて高火力とぶつけ合わせて意味を失くさせた。

「ガァアアァァアァァ！！！」

初めて聞いた時は、絶対に勝てないと恐怖を覚えたその声も。

事情を知り、精霊達の力を得た今では土竜の嘆きの声のように聞こえてくる。

普段であれば俺の頭で寝っ転がっている筈のヤミにライも、今は真面目に土竜を見守っている。

いつもは騒がしく火の粉を吹き出していたファイも、今は真剣に土竜を救おうとしている。

【精霊王の加護】を獲得しました

【精霊王の加護】が発動します

ヤミ、ファイ、ライから感じる暖かい温もりと共に俺の弓が光り輝き……１つの透明な弓が生まれた。

頭の中に浮かび、流れるように出てきた言葉がフィールド内に響き渡る。

「滅びよ、我が神速の矢に【悲矢】」

浮かび上がる漆黒の矢。

「却けよ、我が追慕の矢に【讃矢】」

浮かび上がる黄金の矢。

『我が先をゆく友よ。我は赦《ゆる》そうその生を。我は讃えようその死を。そして滅ぼそう。彼の者が望んだ此の地を求め、我は歩む』

融合していく２つの矢、
されどこれで終わらず。

『共に歩もう、此の親愛を。共に進もう、此の魂を。我は全にして個。個にして全。取り零した個があれば、命を賭して掬《すく》い上げよう。欠ける者など許されぬ。故に紡ぐ【慈愛の虚矢】』

手に添えられた小さな、
それでいて暖かい3人。
その手と共に……。
零した魂を掬い上げる。
ゆっくりと、されども早いその透明な矢は……、
『Black Haze』にのみ突き刺さり、対消滅した。

エピローグ

「あぁぁあぁあぁぁ！？！？」

土竜を倒した直後ではあるが、地面をのたうち回る。

「何言ってんの俺ぇぇぇえええ！？！？」

痛い宣言をした事はまだまだ許せる。

問題は……。

「『赦そうその生を』ってなんだよ!?　今の俺の精神は赦されて……ファイ君？　何やってるん
……グフッ」

お、俺は髪を掻き上げたりはしていないし、そんなドヤ顔もしていない……。

「ヤミもライも拍手なんかしてな……え、何3人でこっちを……ゴハッ」

だから……髪なんか掻き上げていないし、ドヤ顔も……やってたりしちゃってたりしないよな？

……やべぇデスペナくらいてぇ。

書き下ろし番外編

パックアと・・・・・ロリ？

I'm an unfortunate archer,
but doing Okay

『堕ちた中級土竜』の討伐を終えて深淵の森深層の初討伐を掠め取った後に、俺は始まりの街まで戻っていた。

その頃にはファイ達も落ち着いていて、火の粉を撒き散らす程度……の事しかしないでくれていた。

「あー……」

何故かは分からないが、街に戻ってから集まっている視線。

十中八九火の粉のせいな気もするが、誰かが俺の……まあ、テンションが高い時のを見ていたと考えると、恥ずかしくて大通りも歩けない。

ファイに火の粉をなるべく出さないようにお願いしながら路地へと駆け込み、一時的に避難した。

「取り敢えず、散策でもするか」

大通りと違って人通りも少なく、店のような物も存在しない。

もしかしたら隠れ名店のような物でもあるんじゃないかと期待しているが、まあそんな思い通りにはいかないだろう。

基本的にはレンガの壁に扉が有るだけ。

偶に扉が開いたりして人が出てきたりするが、俺を見ると慌てて引っ込む。

確かに部外者かもしれないが、その対応は心にくるものが……。

「あのー」

「ん？」

後ろから聞こえる幼めの声。

振り返った瞬間に視界に入った数体の精霊は、色からして火が2体、水が2体、闇が2体だろう。

ファイが火の鳥にちょっかいをかけているが、この際気にしない。

「あんた、ロリコンって奴？」

「ぶふっ……」

「アミちゃん⁉　駄目だよ！　人には人それぞれの好みがあるんだから！」

アミちゃんと呼ばれた赤髪の強気の女の子に、全力でトドメを刺しに来た水色髪の女の子。

頭上に表示されているプレイヤータグから、〝ユミ〟という名前だとは分かったが、マナー上名前は聞いておくべきなのだろう。

まあ、それよりも最優先で誤解を解く必要がある。

「君た――」

「レンジさんですよね⁉」

「ん？　あ、うん」

「あの、森で最先端行ってるっていう。ご本人ですか⁉」

「多分」

一応、森関連の初討伐称号は今の所は全て取れているので、最先端を行っていると言っても過言ではないだろう。

「ユミ、ロリコンは危ないから近づくなってお母さんが」

「まておい」

「なに？」

何か間違ってる？　とでも言わんばかりに鋭い目つきで此方を見てくるアミちゃん。

「俺はロリコンじゃない」

「精霊が物語ってるわよ」

「……」

「そ、そんな事よりレンジさん！　なんか面白い素材とか持ってませんか⁉　買える範囲で割高で買い取ります！」

そんな事で済ませていい話ではないとは思ったものの、否定の証明が出来ないので新しい話に乗じて流させてもらう事にした。

面白い素材となると……深層のバジリスクを倒した時にドロップした素材か、堕ちた中級土竜を倒した時にドロップした素材のどちらかとなるだろう。

「ユミ……ちゃん、で良いんだよね？」

「はいっ！」

「ユミちゃんはどういった物が欲しい？」

「錬金術か調合に使える物……と、鍛冶に使える物がほしいです」

ストレージを確認する……が、鍛冶に使えそうな素材は極少量しか無く、買い取ってもらうような量ではない。

錬金術や調合となると、中級土竜の肝や魔力袋など様々な物が思いつくが、流石にそれらを売る気にはならない。

売るとしたら……。

「バジリスクの毒袋とかいる？」

「ば、バジリスクですか⁉　中層ボス倒したんですか⁉」

「あー、うん」

俺が持っているバジリスクの素材は深層のものなので、ユミちゃんが考えている物よりももう少しやばいが、そこらへんはわざわざ言う必要も無いだろう。

毒袋なんて俺の知り合いで使いそうな人は思いつかないし、欲しがる人がいたら又狩ってくればいいので売ってしまって問題ない。

「……そ、そのお金が足りないんで」

「じゃあ、情報をもらえない？」

何も考えずにお願いしたが、それで問題ないだろう。

彼女達が使役している水精霊。

俺も水精霊を召喚したいが、未だにクエストを発生させる事が出来ていない。

「じょ、情報ですか？　レンジさんが知らない情報なんて……」

「水精霊のクエスト発生方法を教えてほしい。勿論、２人で相談してもらって構わないし、教えてもらえるのなら無償で毒袋をあげるよ」

場合によってはもう一度深層に行って……と考えていたのだが、ユミちゃんはアミちゃんを一目見た後に、すぐに教えてくれた。

「あ、ならお願いします！　水精霊の興味の発生方法は★4自作武器のみでの一定数以上の敵討伐です！」

弓はその条件を満たしているはずなので、自作をした事が無い矢が条件を満たしていないのだろう。

「ありがと。じゃあ、とりあえずフレンド申請を――」

「許可しました！」

速攻で追加されたフレンド枠からユミちゃんを選択し、トレード画面から無償で毒袋を引き渡す。

「因みに何に使うのか聞いても？」

「毒爆だ……毒消し薬です！　ほ、ほら！　毒も転ずれば薬となり、薬も転ずれば毒となるって言うじゃないですか！」

「で、毒として使うんだよね？」

「はい！……い、いえその、それは間違いでして！　私は……そう！　未知なるドリンクを作ろうとしてるんです！」

「へぇー……」

ユミちゃんがあたふたすればする程、アミちゃんの顔が険しく、犯罪者を見るような顔になっていく。

「ユミに手を出したら殺すから」

「……」

何故最初から友好度がマイナスなのだろうか。

なにかレアアイテムを渡せば……と思いいたってしまったので、中級土竜の鱗を1枚『スッ』と差し出す。

中級土竜の鱗。

一目見ただけで珍しいものだというのは分かるし、とにかく大きい。

1つだけで直径30cm程まであるその鱗があれば、小盾ぐらいは作れるんじゃないだろうか。

「なっ……竜なんて何処にっ！」

「お近づきの印にそちらを……ってフレじゃないから譲渡出来ないか」

「っ……申請したから許可しなさい！」

「お、おう」

ん、チョロい？

まあ、嫌悪されているよりはよっぽどマシなので気にしなくてよいだろう。

「りゅう……？」

アミちゃんと違い、ユミちゃんは鱗を鑑定していなかったようで話を理解していなかったが、そこはまあ良いだろう。

「……で」

「はい」

「俺ってなんで知られてるの？」

「はい？」

バジリスクの眼球という錬金術で使えそうなアイテムを無償であげても良いと思えるぐらい、それが知りたい。

場合によっては……記憶抹消って犯罪だったか？

「1番有名なのは……モンスターパレードですかね。深淵の森中層でレベリングをしてる人なんて嫌でも注目を集めてしまいますよ」

「……」

「あ、あとやっぱり！　その、頭から火の粉が出て――」

火の鳥の背中に乗っている状態のファイに目を向ける。

ユミちゃんも同じ思考にでも至ったのか、火の鳥に水のイルカ、闇の梟……ファイ、という順に計7体の精霊達に目を向け、その後に俺の頭に視線をずらした。

「……レンジさんの風？　精霊さんと闇？　精霊さんは動かないんですね」

「なんでだろうね」

「なんでですかね？」

「ユミ、そろそろ本題に」

「あ、ごめん」

中級土竜の鱗の観察を十分に済ませたのか、鱗をしまったアミちゃんはユミちゃんの肩を叩き、本題を話すよう促した。

……珍しいアイテム目当てだと思っていたのだが。

「レンジさん。パックァって知ってますか？」

「ごめん知らない」

「種は猛毒を含んでいるんですが、とても美味しい果実なんです。そのせいで入手難易度がとても高いんですが……一緒に採集に行きませんか？」

「良いけど、なんで？」

別に、パックァという果実を取りに行くのは構わない。

入手難易度が高いという事は、戦闘が発生するだろうから2人の精霊の戦い方を見る事が出来る。

疑問は、何故俺が誘われているのかだ。

「そのー……私達2人は生産職なんで戦闘力が微妙なんです。偶々火の粉を撒き散らしてるレンジさんを見つけたので、声をかけさせていただきました」

「……」

「場所は深淵の森表層を予定しているのですが、来ていただけませんか？」

深淵の森表層は俺が殲滅者の称号を持っている為、戦闘が発生する確率は相当下がるだろう。

ついて行った時の俺のメリットが生産職、精霊の戦闘風景しか無い事を考えるとついていく理由は無いのだが……パーティに殲滅者の初号を持たない人がいれば敵が襲ってきてくれる可能性も有るわけだから、一概に拒否するのは愚策だろう。

ならば、パックァという美味しいらしい果物を最低限の報酬として貰い、運が良ければ戦闘風景を見せてもらうというのが1番良いのかもしれない。

「パックァを俺にも分けてもらえるなら喜んで」

「本当ですか!?　よろしくお願いします！」

「こちらこそ」

先程から何も言わないアミちゃんの方を見ると、ファイや火の鳥達と楽しそうに戯れており、ユミちゃんと俺の視線に気づくのに1分程要した。

「なに？」

ユミちゃんも俺も笑いながら見ていたからか、仏頂面になって不機嫌そうな声をあげたアミちゃん。

先行きは不安ではあるが、ユミちゃんをリーダーとしたパーティを組んで移動を開始した。

「そう言えば、2人の方向性って何？」

「レンジさんと一緒で【遠距離物理】です！」

「【遠距離魔法】」

「へぇー……俺未だに魔法っていうのを間近で見た事無いんだよね」

遠目にプレイヤーが魔法を放っているのは見た事があるが、魔法を放つ人の近くで見た事は無い。

「アミは……付与魔法とかそっちばかりなんでレンジさんの期待には答えれないと思います」

「悪かったわね」

「……いや、別に大丈夫。それに、精霊魔法でそれっぽい事が出来なくもないから」

「そうですか？　そこまで魔法と言った魔法は使えませんけれども」

風で矢を曲げたり、矢に属性を纏わせて特殊な効果を付与したりと、俺としては感動するぐらい魔法なのだが違うのだろうか？

確かに爆発はしてないいし、ツインヘッドベアみたいな風の刃、風の鎧は無いが……いや、ライに頼めば風の刃、風の鎧は出来そうだしやってみよう。

「そう言えば2人はよく闇精霊、火精霊のクエストをクリア出来たね」

「あはは……両方運が良かったんです。いや、本当に。思ったよりも威力の強い爆弾の余波で死にかけたりしましたからね……」

そう言って遠い目をするユミちゃん。

アミちゃんも気持ち遠い目をしていた。

先程も爆弾と言いかけていたし、ユミちゃんは職業が爆弾魔かなにかなのだろうか？

……ちょっと聞いてみよう。

「職業を聞いても？」

「『調合師』『精霊術師』です」

「『鍛冶師』と『精霊術師』」

「遠距離魔法なのに鍛冶？」

「なに？　悪い？」

「付与魔法がどうしても欲しかったんです。私達は2人共生産職をやるのは決めてましたから、方向性は割と何でも良くて……じゃんけんに勝ったアミが【遠距離魔法】をする事にしたんです」

「へぇー」

魔法に関しては一切分からないので何とも言えないが、付与魔法。

俺も取っておくべきなのか後で確認しておこう。

「……で、森の入り口には着いたけど」

「ちょっと質問良いですか？」

「良いよ」

「精霊ってグラスラビットをワンパン出来ましたっけ？」

「今更？」

「いえ、その、当たり前のように流されてて気づくのに遅れました！」

恐らく、俺が持っている【精霊王の加護】の効果だろう。

繋精弓を装備していればもう1、2段階は精霊の強さが上がるだろうが……それでもまだ深淵の森の敵はワンパン出来ない。

「称号の効果かな」

ユミちゃんの質問には当たり障り無く答えておき、繋精弓を装備する。

その瞬間にステータスも微上昇した事を考えると、この武器の強さが本当に伺える。

「へー……ん？　弓、凄いですね！　なんか宝玉が3つも」

「これ一応☆8武器」

「んぇ!?　8!?　4とか5じゃなくて!?」

「うん。それより、俺は2人のその武器が気になるんだけど」

弩《ど》のような物に弓が装着されているように見えるが、先端部分は尖っておらず丸まっている。

軽く見た感じでは、先端部分はガラス容器になっており中に液体が入っているのだが……爆発するのか？

「これはですね！　ゴブリン肉の錬成失敗とか魔力草の錬成失敗とかで発生した物を調合したり抽出したりして出来た、疑似ニトログリセリンです！」

「あ、やっぱ爆発すんのね」

「偶に失敗して発射する前に爆発したりしますが、それ以外は一切問題有りません！」

致命的では？

「ユミが下手なだけで私は爆発してないわ」

「言っても1回差！」

「私は私ので1回も死んでない」

「ぐぬぬ……」

要するに、ユミちゃんは爆発で死んだ事があると言う事だ。

……やっぱり武器として致命的だろう。

「きょ、今日という今日は死にません！　行きます！」

やる気満々のユミちゃんを先頭に深淵の森へと入っていく俺とアミちゃん。

だが。

「な、なんで⁉」

「ごめん。俺が殲滅者の称号を持ってるから」

どうやら俺の殲滅者の称号効果はパーティを組んでいても有効なようで、魔物と会う事すら無かった。

「なんでそんな称号持ってるんですか⁉」

【気配感知】を発動してる限りだと、遠巻きにはいるんだけど……」

「聞いてます⁉　これじゃあ爆破回数がおいつぎゃっ⁉」

興奮して俺へと詰め寄らんとした振動のせいか爆発した弩。

紙装甲である俺はそれを予測して離れたというのに爆破の余波でＨＰが削れていた。

ただユミちゃんはもう対処に慣れているのか、爆破する寸前に上手く盾を取り出していたのであまりＨＰは減っていない。

「２回」

「くっ……」

「あ、【ダブルショット】」

なにかやってる２人を横目に、偶々現れてしまった蜘蛛を何も苦労する事なく【ダブルショット】で倒す。

「なんで当たるんですか⁉」

「なんでって言われても」

「私達は爆破に巻き込めれば御の字程度なんですよ！」

「沢山練習したから……うん」

たまたまアニメの中で脇役だった彼を見たその日から。

俺の中での主人公である彼に近づく為に、小さい頃はおもちゃの弓でもひたすら触り続けていた。

親にお願いして弓道を習わせてもらったりしたが、型を重視しすぎる〝習い事〟は俺のやりたい事とは合わず断念した。

習い事をやめてやる事が無くなったから中学受験をした訳だが、本当にそれで良かったと思っている
雫先輩は俺がやりたかった弓術を真面目に一緒に考えてくれて、俺が弓道をやっていなくても怒るような事はなく、見守ってくれていた。

流石に射型が可笑しすぎると注意されたが、それのお陰で俺の弓術はどんどん上手くなっていったのだ。

流石に団体戦で迷惑をかけた時は焦ったが、雫先輩のおかげで俺の心は何とかなった。

……他の弓道部員とは仲が悪くなってしまい、一時期顔を合わせるのが辛くなったがそれも雫先輩のおかげで何とかなっている。

「……察しました」

「え？」

「いや、レンジさん凄い遠い目してましたよ？」

始めの頃はユミちゃん達が持ってるような形のおもちゃの弓で練習してたなーとは思ったが、それだけだ。

そこまで遠い目はしていない筈である。

「【ダブルショット】」

「……早すぎませんか？」

「早打ちは1番練習したから」

〝彼〟に近づくために頑張りすぎて習い事の先生にやる気無いなら帰れ！　みたいな怒られ方をしたのは懐かしい思い出だ。

「【ダブルショット】……なんか増えてない？」

「そうですね……はっ!?　この先にパック、アミ抜け駆け禁止！　わたっぎゃ!?」

静かに駆け出したアミちゃんの後を追おうと走り出すと共に、2個目の弩を爆破させたユミちゃん。今『3回』って聞こえたような気がする。

とにかく、敵が多い方が危険だと判断した俺は、3個目の弩を取り出して矢を番えているユミちゃんを無視して、アミちゃんの後を追った。

「えー……【テンスアロー】」

今まで何処にいたんだとでも聞きたくなるような大量の魔物達。その中心には黄色い梨のような果物が有り、狼が体当たりをして落とそうとしていた。

アミちゃんはアミちゃんで魔物の群れの外部に爆弾を撃ち、確実にダメージをくらわせていた。

【テンスアロー】でラスキルを掠め取ってしまったのは本当に申し訳なく思うから、睨むのは止めてほしいものである。

「【テンスアロー】」

スキルのクールタイムが終了したのを確認してから再び【テンスアロー】を使用し、ファイ達にもMPを気にせずに攻撃をするようお願いした。

「……精霊達の攻撃力が高すぎる」

「称号と装備で強化されてるから」

流石に1撃で倒せはしていないが、それでもアミちゃんが使っている爆弾と同程度の威力を連発するファイ、ライ、ヤミ。

「アミ！　次の解禁！」

「分かった」

遅れてやってきたユミちゃんが、1撃で数体の魔物を吹き飛ばしながらそう言うと、アミちゃんもそれに続いて1撃で数体の魔物を吹き飛ばし始めた。

「レンジさん！　先に確保って出来ますか⁉」

「分かった、やってくる」

先程までの爆弾とは一線を画した威力を持った爆弾が気になりはしたものの、蜘蛛が糸を使ってパックァを落とそうとしているのを見てしまったので急いで取りに向かう。

「【テンスアロー】【インパクト】【ブラスト】」

10本の矢をなるべく縦に引き伸ばす様にコントロールして爆発させる事で、パックァまでの一直線の道が出来上がった。

パックァに糸を伸ばしていた蜘蛛も当たり前だが既に討伐しているし、木に体当りしていた狼も倒している。

「……っし。回収完了」

5つあった全てのパックァをストレージに入れると、右往左往して俺を見た後慌てて逃げ出した魔物達。

「レンジさん魔物に逃げられるってなんか凄いですね！」

「あはは……それよりユミちゃん、あの爆弾は？」

「あれは私達が持ってる中で最大火力が出る武器です！　私ぐらいのHPだったら簡単に吹っ飛びまし……吹っ飛ぶと思います！」

途中で言葉を濁して目をそらしながら言い直したユミちゃん。

ユミちゃんのHPがどの程度なのかは知らないが、俺も確実に死ぬだろうと思うぐらいの爆破威力があった。

「……で、その……回収出来ましたか⁉」

「うん、これ。5個有るから1つだけ貰うね」

殲滅者の称号を持っている俺がいたというのに一切気にせずに群がっていた魔物達。

レベリングの方法としては十分に有りだし、美味しかったら1人でまた取りに来れば良い。

わざわざ誘ってもらった訳だから、1つ貰えれば十分だろう。

「え、い、良いんですか⁉」

「うん。欲しくなったら後でまた取りに来れば良いし」

「ほー……強い人の発言ですね！」

「そういうつもりじゃないんだけど」

分かってますよみたいな顔をしているユミちゃんをスルーしながら、トレード画面から一気に四つのパックァを渡した。

「あ、あとその━……使わないようでしたら、種貰えませんか？」

「……良いよ」

バジリスクの毒袋を渡した際の会話を思い出しながらもパックァを取り出し、ビッググラスラビットの短剣で種を切り出してユミちゃんに渡す。

その際、ファイが果肉の部分に今にも飛びかからんとしていたので小さく切り分けて渡してみた所、凄い勢いで食べ終えてから手を前に広げて再びせがみ始めた。

「……俺も食ってみるか」

精霊という実体が無い存在がどうやって食べたのか気になりはしたがゲームだからと割り切り、俺の分も切り分けて食べてみる。

「あ、美味い……」

何とも言えないこの美味しさ。

表現にするのがとても難しいが、チョコレートや生クリームと同程度には美味しい。

個人的には生クリームの方が好きだが、このとろけるシャキシャキ感が不思議な美味しさを作り出している。

街でプレイヤーから買った食べ物は、極小時間ではあったがバフ効果があったのでステータスを開くと、ＭＰの回復、ＩＮＴの上昇を確認する事が出来た。

俺の周囲を盛んに飛び回り始めたファイを落ち着かせる為に、残りの全てを丁度良いサイズに切り分けて手の上に乗せる。

「ん、美味しいですね」

「美味しい」

各々でパックァを食べ始めたユミちゃん達を横目に、ファイ、そして頭上から下りてきたライとヤミがパックァを食べている風景を眺めていると……。

「……ロリコン」

「いや、違うから」

低い声でジト目になりながら俺を見てくるアミちゃんに訂正を入れている間に、３人は既にパックァを食べ終わらせていた。

ファイよりも大きかったパックァが３人のどこに入ったのか気になりはしたが、それよりも何か相談をしているかのように見える３人の会話の方が気になる。

実際は音すら出ていないので本当に相談しているのか分からないが、相談を終わらせた３人は２

体のイルカ、要するに水精霊を捕まえて木へと押していった。

「……ファイ？」

「何をするんですかね⁉」

「……」

光りだしたファイ、ライ、ヤミに俺の弓の宝玉。

それに光は弱いものの、２体のイルカ達も協力して光を放っていた。

「……これって」

ユミちゃんの呟きを聞き流しながらステータスを開くと案の定、ＭＰが急速に減っていったのでＭＰ回復薬を飲む。

この後は……何となく予想は出来ていたがその全ての光が木に移ると、木から沢山のパックァが成った。

それと共に【気配感知】に引っかかり始めた大量の魔物群。

「２人はパックァを回収して」

「レンジさんはどうするんですか⁉」

「横取りさせないように殲滅する」

「おぉー……ってアミ抜け駆け禁止！」

俺の最初の言葉と同じ頃にはパックァの回収を始めていたアミちゃん。

30個程あるパックァを全部回収するのは時間がかかるかもしれないが、その間倒し続ければ良いだけ。

予期せぬレベリングタイムである。

「【ハンドレッズアロー】【インパクト】」

一方向の魔物の数が圧倒的に多かったので、そこには木の事など一切気にせずに全力で【ハンドレッズアロー】をぶちかました。

吹き飛ばされる沢山の木々にちょっとした罪悪感が発生するが、それよりも先に別方向から来た魔物の討伐を優先させる。

「【テンスアロー】【インパクト】……っ」

思ったよりも集まってくる魔物の数は流石に想定外だが、ライに協力してもらえばどうとでもなる。

一方向から集中して出てきた魔物の群れ。

これは【テンスアロー】よりも……、

「ライっ！【ダブルショット】【インパクト】」

強く輝く黄緑色の宝玉に、弓から飛び出した計六本の矢。

「え!?」

ライに協力してもらえるのならと思って何気に初めてやった同時三本撃ち。

思ったよりも思い通りにいったので、次は四本、その次は5本と出来る限りまで挑戦していこう。

「【ダブルショット】【インパクト】……っし【ダブルショット】【インパクト】」

流石に六本は同時に持つ事が出来なかったが、重ねたりする事で何とか持てた五本同時撃ちは成功した。

恐らく、射る事さえ出来てしまえば後はライがどうとでもしてくれるのだろう。

自分の力ではない事に少し不満を覚えるが、アニメの彼も精霊と協力していたので許容範囲内だ。

それから数分、黙々と魔物を狩り続けて経験値を沢山稼ぐと、ユミちゃん、アミちゃんから声が上がる。

「終わりました！」

「終わったわ」

終わった宣言をして木から飛び降りる二人。

だが、魔物の群れが収まる気配は無かった。

「ごめん、出来れば戦闘に参加して！」

「分かりました！」

「分かった」

各々で弩を取り出して巨大な爆発を引き起こす二人。

2人をみると自分の自然破壊が可愛く見えてくる。

「【ダブルショット】【インパクト】」

「あっ」

「えっ」

「ん？」

驚きの声を零したユミちゃんの方を見ると、弩に取り付けられた爆弾が有りえない程の輝きを放っていた。

動きを止めて悟ったかの様に腕を下ろしたアミちゃん達に襲いかかる魔物達を倒しはするが……。

「ユミちゃん!?」

「……レンジさんごめんなさい。辺り一体吹っ飛びます」

「は？」

「これ、なんか暴発がヤバい時のやつです」

確認のためにアミちゃんを見るが、装備の耐久力を減らさないためか、全装備を初期装備に変えていた。

……手慣れてる。

襲ってきていた魔物達もその光に恐れをなしたのか逃げていき、この場に残ったのは俺、ユミちゃん、アミちゃんの三人だけとなった。

「……まじ？」

「まじです。ごめんなさい」

「いや、取り敢えず放り投げようよ」

会話の最中もユミちゃんの手元に光源がある所為かとても気が抜けてしまうが、魔物が脅威に思ったのは事実である。

俺としては謝るのとかはどうでも良いから遠くに放り投げてほしかったのだが……。

「下手に動かすと即爆発します」

「あー……」

会話をしている間も徐々に強くなっていく光。

よく見ればミシミシとガラスに罅《ひび》が入っているのが見える。

「出来る限り、体から離して」

「分かりました」

「ヤミ」

たった一言で俺の意図を理解してくれたのか、俺のＭＰをどんどん消費していくヤミ。

俺はと言うと、黒紫色の宝玉が光り輝いている矢を弓を番える事なく構え……、

「ダークアロー」

闇で象られた矢を光に向けて射る。

「よし」

「え、は、へ？」

俺の射た矢は寸分違わず弩の先端部分に命中し、光を抉り取った。

「今のっ⁉」

「えっと、レンジさん？」

「なに？」

「何したんですか？」

何をしたと言われても、土竜と戦った時のようにヤミの力を借りて対消滅させただけである。

【精霊王の加護】に繋精弓の効果があって初めて出来る芸当だが、ＭＰの消費量がえげつないのであまり使いたくなかった。

「ヤミの力で消滅させた」

「はい？」

「ねえ、あの射撃は？」

「アミ⁉　今はそれより闇精霊の力の方がっ！」

「あの精密射撃は？」

「自前の能力」

まじまじとユミちゃん、ユミちゃんの手元にある弩を見た後に再び俺へと視線を移してくるアミちゃん。

10ｍ先の３ｃｍ程の的程度であれば、ライの力を借りなくても当てる事が出来る。

もちろん、保険としてライにはお願いしていたが、ライが能力を使った様子はなかった。

「……本当？」

「嘘をつく理由がない。ちなみに、あの暴発ってどのぐらいの威力？」

何か俯いて考え事を始めたアミちゃんを他所にユミちゃんに質問する。

「大体周囲10ｍぐらい吹き飛びます！」

自信満々に答えるユミちゃんの発言を聞いて引きつってしまった頬を押さえるが、よく考えれば俺も同じ事をやろうと思えば出来るだろう。

多分、【ハンドレッズアロー】【インパクト】【ブラスト】を使えばそれ以上の事も出来るだろうし、今の戦闘中にもやっていた。

……もしかして俺の方が危険？

「あ、そう言えばレンジさん！　なんで【ダブルショット】で十本も矢が飛んでったんですか⁉」

「ダブルショットは矢の後ろに矢が発生するスキルだから……五本同時に撃った」

「……人間ですか？」

「ライのおかげだから俺は普通のにんげ……エルフだな」

「いえ、そういう話では無くて！」

そういう話で無くても、ライがいなければ2本同時撃ちすら怪しい俺は人間だろう。

「分配」

「あ、そうでした！　私としましては種を全部いただければ他の部分はお譲りするのですが……」

分配……MPが回復する事、MP回復薬とクールタイムが重ならなかった事等を考えると、一定数以上は確保しておきたい。

「ユミちゃん、後日全部の種渡すから、半分ぐらい貰えたりしない？　場合によってはユミちゃん達が欲しいアイテム、お金も用意するけど」

「……アイテムですか？　迷宮産の名前隠しのアイテムは欲しいですけど……今後も毒物を優先的に御していただけるならこれ全部差し上げます！」

名前隠しのアイテム。

今は持っていないが、もしかしたら宝箱を見つけられるかもしれないので一応メモしておこう。

ユミちゃんの発言にアミちゃんが驚いた顔をしていたので、俺の希望通り半分を貰うだけに留めた。

「……それにしても、レンジさん強すぎませんか？」

「そんな事ないよ。まだ深層だと生きるのすら難しいし」

「……深層まで行けてるプレイヤーってレンジさんしかいませんよ」

「……確かに。でも、まだまだだから」

「目標高いですね！　私はレンジさんみたいに弓をバヒュンバシュン撃ってたらそれで満足しちゃいます」

不思議な擬音を使いながら弓を射るポーズを取るユミちゃん。

「んー、レンジさん！　私達に弓の扱いを教えてくれませんか⁉　やっぱり弩より弓の方が使い勝手良さそうですし……格好良かったですから！」

「ニヤけるなロリコン」

アミちゃんにニヤけるなと言われてしまったが、仕方がないだろう。

俺が彼に憧れて弓を始めたように、俺を見て弓を使ってみたいと思ってくれている人がいる。

否応なく興奮してしまうし、俄然やる気も出てくる。

「教えるのは下手だろうけど……此方からもお願いしても良い？」

「はい！　お願いします！」

両拳を握ってやる気を見せるユミちゃんに……、

「……お願いするわ」

俺とユミちゃんの視線を受けてから返答したため渋々感は否めないが、一応はやる気がありそうなアミちゃん。

この子達に上手く教えられれば、俺の弓術も上達するんじゃないかと思えた。

あとがき

この本を手に取ってくださった皆様方、はじめまして。

ｗｅｂ版からの読者様方ははじめましてではないかもしれませんが……というのはさておき、拙作を手に取ってくださいまして、本当にありがとうございます。

ところであとがきなのですが、実を申し上げますと話す事の無さに自分でも悲しくなったり、友人から違和感の塊と言われる『私』という一人称を使うべきなのか困惑したりと、私史上最大に苦戦した文となっております。徹夜明けならば勢いで書けるのでは？　という精神の元書いておりますが、暫しお付き合いいただけたら狂喜乱舞します。

まず、あとがきと言ったらと考えた際に1番最初に出てきた本作の裏話を話させていただきます。

ｗｅｂ版からの方々は既にお気づきかもしれませんが、今作はｗｅｂ版と書籍版で細かい所が大きく変わっております。精霊達との関わり方、憧れの存在、精霊達による加護……。あげれば幾らでも出てきそうな雰囲気ですが、全てノリと勢いによって追加されたものです。『ちょっと待ておい』と思われる方々もいるかもしれませんが、まだ構想という物が有るだけマシな方なのです。

小説家になろう様にて連載していた際は深夜テンションによるノリと勢いで書いていたた

め、設定など碌《ろく》に考えた事も有りませんでした。ですので、プロット・設定という存在を教えてくださった編集者様には感謝してもしきれません。

今後小説を書く際は、設定という存在を頭の中に入れた上で書かせていただきます……と、話はそれてしまいましたが、私があとがきで伝えたいのはただ1つ……ではなく2つですが、私、洗濯紐はノリで生きている人間ですので色々と許してください。

このあとがきが皆様方の目に留まっているという事は、私がノリと勢いで『何とかなんだろ』の精神の元書き変えなかったという事でしょう。

TOブックス様、担当編集者様、bun150様。こんな人間ですみませんでした。

最後まで嫌な顔1つせずにお付き合いいただき、本当にありがとうございます。

再び共に活動をする事が出来たら嬉しいのですが、見捨てないでください本当に。

では、最後に改めまして。

TOブックス様。拙作、『不遇職の弓使いだけど何とか無難にやってます』を出版していただき本当にありがとうございます。担当編集者様。最後の最後まで拙作をより良くするために尽力をしていただき、本当にありがとうございます。bun150様。ヤバイです。とにかく、その一言に尽きます。本当に、完璧過ぎるイラストをありがとうございます。

最後に、拙作を手に取ってくださった皆様。そして、話が逸れ続けたあとがきを読んでくださった皆様。

本当にありがとうございました。また何処かで、あわよくば2巻でお会いしましょう。

コミカライズ新章へ
公式コミックアンソロジー
第1～4巻
好評発売中！
第三部
「領地に本を広げよう！」
第1～2巻
好評発売中！
第3巻
6/15発売！
漫画：波野 涼

本好きの下剋上
原作：香月美夜
イラスト原案：椎名 優
漫画：鈴華
第二部
「本のためなら巫女になる！」
第1～3巻
好評発売中！
COMIC
コロナ
CORONA
TOcomics
第1～7巻
好評発売中！
第一部
「本がないなら作ればいい！」
TOブックスが贈るWEBコミック
ニコニコ静画、pixivコミックにて好評連載中！
ニコニコ静画 seiga.nicovideo.jp/manga/official/tocomics
pixivコミック comic.pixiv.net/magazines/198

不遇職の弓使いだけど何とか無難にやってます

2020年6月1日　第1刷発行

著　者　洗濯紐

発行者　本田武市

発行所　TOブックス
〒150-0045
東京都渋谷区神泉町18-8　松濤ハイツ2F
TEL 03-6452-5766(編集)
0120-933-772(営業フリーダイヤル)
FAX 050-3156-0508
ホームページ　http://www.tobooks.jp
メール　info@tobooks.jp

印刷・製本　中央精版印刷株式会社

ISBN978-4-86472-983-3